Diário de Aventuras da ELLIE

O Show Tem que Continuar

Diário de Aventuras da ELLIE

O Show Tem que Continuar

ESCRITO E ILUSTRADO POR

Ruth McNally Barshaw

Ciranda Cultural

Para todos aqueles que sorriem e não desistem em tempos difíceis, especialmente Marilyn, Lee, Heidi e minha mãe.

Dados Internacionais de Catalogação na Publicação (CIP)
(Câmara Brasileira do Livro, SP, Brasil)

Barshaw, Ruth McNally
Diário de aventuras da Ellie : o show tem que continuar / escrito e ilustrado por Ruth McNally Barshaw ; [tradução Ciranda Cultural]. -- São Paulo : Ciranda Cultural, 2014.

Título original: The Ellie McDoodle diaries : the show must go on.

ISBN 978-85-380-5530-3

1. Contos - Literatura juvenil I. Título.

14-06991 CDD-028.5

Índices para catálogo sistemático:
1. Contos : Literatura juvenil 028.5

Publicado pela primeira vez nos Estados Unidos em maio de 2013 por Bloomsbury Children's Books.

Design de capa: Yelena Safronova

1ª Edição em 2014
8ª Impressão em 2021
www.cirandacultural.com.br

Minha mãe me entregou a coleira do Henry e disse, toda dramática: – Ellie, o primeiro ato do seu dia vai ser uma comédia ou uma tragédia?

Acho que ela tem visto muitos filmes ultimamente. Mesmo assim, eu sabia o que ela queria ouvir. Então, recitei a minha fala: – Não se preocupe. Vou fazer o Henry fingir ser um cachorro comportado.

Brincadeira, ele sempre se comporta bem.

Minha mãe aplaudiu. – Voltem logo pro café da manhã!

Dez minutos depois, a coleira escapou da minha mão.

O Henry se transformou no caçador de esquilos mais determinado que eu já vi. Nós três corremos pela grama, por entre as árvores, perto do aspersor.

Felizmente, consegui desviar da primeira vez.

E aí, veio o banho.

A senhora Hamilton ficou ensopada.

Peraí, de onde ela veio?
Ela gritou:

Eu e o Henry saímos correndo.

Voltei pra casa e me deparei com essa cena.

Às vezes, acho que minha família está ensaiando pra peça *A família mais excêntrica do século.*

A Piti abraçando o Henry: melhores amigos por cinco minutos.

A Lisa está cada vez melhor no uquelele.

Ellie, Ellie, vá tomar um banho!

Pra se livrar dessa sujeira sem tamanho.

Carácolis.

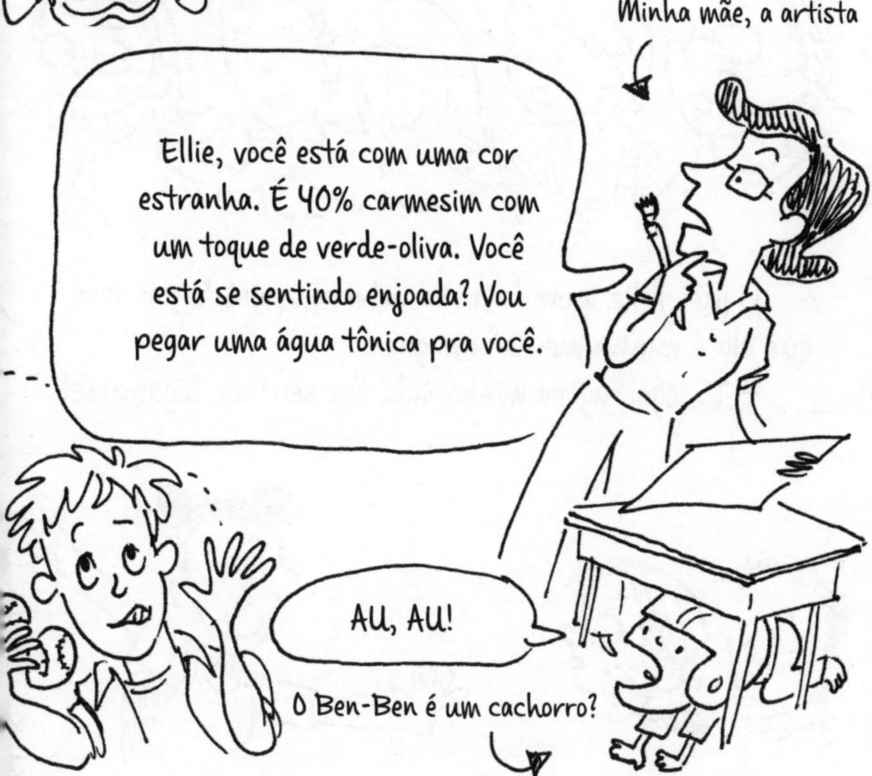

Eu devorei o café da manhã e fui pra escola.

No caminho, meus amigos me deram conselhos sobre a malvada senhora Hamilton.

Dalton: Não leve o cachorro pra passear perto da casa dela. Assim, ele não vai entrar no jardim.

Travis: Por que você não conversa com ela?

Ryan: Não! Lute! Seja corajosa!

Fiquei feliz quando a Mo interrompeu. É por isso que ela é minha melhor amiga.

– Tá legal, agora minha vida faz sentido. Sigam-me!

A Mo é tão dramática.

Ela praticamente me arrastou pro pátio...

Peça do 7º ano: O Mágico de Oz

Audições amanhã!

A Mo tem que ser a Dorothy.

Comecei a imaginar as flores gigantes da terra dos Munchkins e várias casinhas em forma de cogumelo.

O sinal tocou e a aula começou, mas a gente só conseguia pensar na peça.

A professora Whittam, de Inglês e História, deu um recado pros alunos.

A professora Plácida vai falar sobre a peça daqui a pouco. Agora, vamos nos concentrar na Revolução Industrial. Vamos fazer robôs.

Você quis dizer homens de lata?

Homem de lata, mulher eletrônica, podem fazer o que quiserem.

Ela mostrou um modelo.

Temos duas semanas. Pegamos algumas partes do corpo na caixa de sucata:

♫ Trilha sonora robótica, pra dar inspiração. ♫

A caixa ficou vazia tão rápido que eu nem consegui olhar direito. Convidei a Mo, o Travis, a Yasmin e o Dalton pra gente fazer robôs na minha casa.

Depois da aula de História, fomos levados pro auditório. A professora Plácida, de leitura, falou sobre os planos dela pra nossa peça:

- Todos os alunos do 7º ano vão participar.
- Temos muitas tarefas importantes; nem todos vão entrar em cena.
- Nós podemos enviar sugestões de desenhos pra capa do folheto da programação.
- Nossa produção de Oz terá a participação da orquestra do ensino médio. É um musical!

De repente, um som caótico tomou conta do auditório: 25 músicas de uma vez. E o som não era nada bom. Eu ouvi isso:

Rá! Vai ser divertido!

Todos os alunos estavam muito animados com a peça. Até o pessoal do refeitório estava inspirado. O almoço de hoje:

A gente conversou sobre o filme.

Dalton: Explique isto. O Leão quer coragem, o Homem de Lata quer um coração, a Dorothy quer ir pra casa, e tudo que o Espantalho quer é ser inteligente igual a uma moela?

Eu: O que <u>é</u> uma moela?

Dalton: É uma parte do estômago das aves. Serve pra triturar a comida.

Ryan: Meu irmão é inteligente igual a um cotovelo.

Travis: Eu queria ser inteligente igual a duas cabeças! Duas cabeças pensam melhor do que uma!

A Mo estava obcecada por Oz. Ela não parava de falar da peça. Na aula de Ciências, ela pegou emprestada minha canetinha vermelha.

Mo: Ta-rá! Sapatinhos vermelhos!

Eu: Você sabia que os sapatos dela no livro são prateados, e não vermelhos?

Mo: Sério? Eu gosto mais do filme que do livro. Eu nunca li o livro.

Eu: Então como você sabe que gosta mais do filme?

Mo: É que sapatos vermelhos ficam bem em mim.

Eu parei de desenhar nuvens de tempestade e fiz uma surpresa pra Mo.

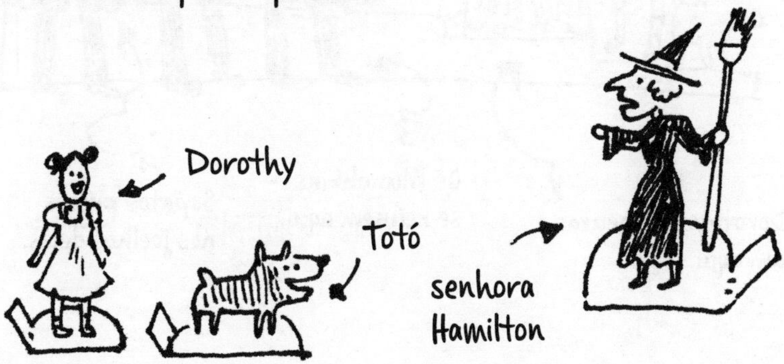

Acho que eu estou ficando louca com essa peça. Meu cérebro começou a se encher de visões e ideias para os cenários.

Por exemplo: como fazer os Munchkins parecerem 60 centímetros menores que os outros personagens?

Minha solução: fazer a estrada de tijolos amarelos sobre uma plataforma grande.

Depois da aula, mostrei o meu plano pra professora Plácida.

A sala dela parece um santuário do Mágico de Oz.

A professora Plácida disse: – Quero que você seja a diretora de palco. Você vai analisar a peça e dar sugestões: figurino, roteiro, músicas, adereços, cada detalhe.

Nossa. Contei pra ela um monte de ideias que eu tinha acabado de ter. O sorriso dela sumiu. Acho que ela não é tão fã de Oz quanto eu pensava.

Ela disse: – Escreva as ideias boas e depois me mostre as melhores.

Sem problemas! Vou ter mais um milhão de ideias!

Meus amigos se reuniram na minha casa pra terminar os robôs, e eu contei a novidade.

– Pessoal, adivinhem só: eu sou a nova DIRETORA DE PALCO!

Todos acharam legal, mas a Mo teve a reação exagerada de sempre, que eu adoro:

A Mo é a melhor escandalosa do mundo.

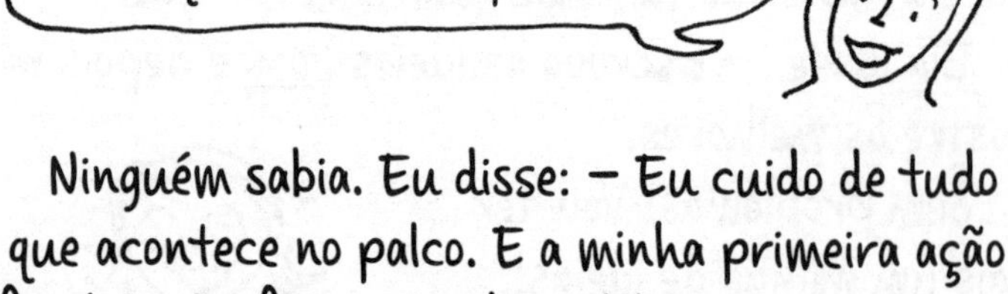

Ninguém sabia. Eu disse: – Eu cuido de tudo o que acontece no palco. E a minha primeira ação oficial é... Rufem os tambores!!!

Eu dei o papel de Dorothy pra Mo e disse que ela nem precisava de audição. Todos ficaram animados. A Mo, mais ainda. Ela aceitou com um discurso, depois gritou de novo. A Yasmin perguntou se alguém estava ansioso para as audições. TODOS estavam. Deve ser normal ficar assim.

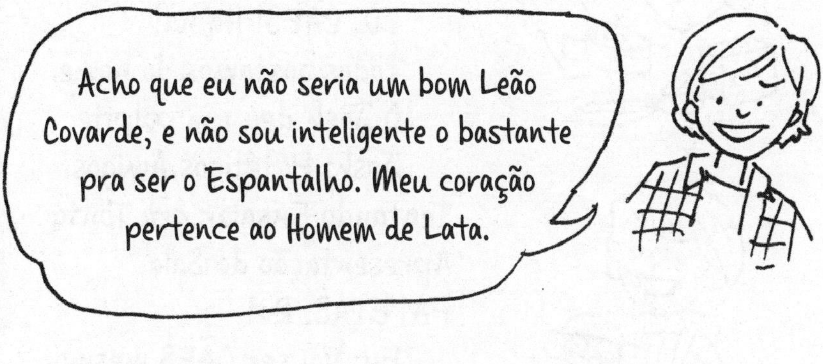

Então, fomos terminar os nossos robôs.

Yasmin: A gente devia montar um clube secreto só pra nós cinco.

Travis: E o que a gente vai fazer no clube?

Dalton: Andar juntos.

Eu: A gente podia jogar alguma coisa!

Mo: Precisamos de um nome.

Todos concordamos, então pensamos em alguns nomes:

Mo: TEMDY – nossas iniciais!

Eu: O Clube dos Cinco Camaradas que Celebram o Companheirismo – CCCCC.

Dalton: Cinco Amigos Extremamente Sábios!

Eu: CÃES! Ha ha!

Todos gostamos do nome.

O Josh deu um palpite.

Josh: Patéticos Amigos Tentando Ensaiar pra Tonta Apresentação da Sala. PATETAS. Rá!

Eu: Vai ser CÃES mesmo. Cai fora, Josh!

O Josh não foi embora. Ele ficou por perto enquanto a gente fazia os robôs.

Blé. Eu gosto dele do jeito que é.

Naquela noite, meus pais fizeram uma festa do Mágico de Oz pra gente assistir ao filme em família.

Uau! Nossa filha é a diretora de palco!

Eu contei pra eles que a orquestra dos alunos do ensino médio ia tocar todas as músicas. A Lisa na flauta, o Josh na tuba, e o namorado da Lisa, Peter, no violoncelo.

Pra ser sincera, eu tinha pesadelos com *O mágico de Oz* quando eu era pequena, principalmente com o tornado. Pedi pra minha família falar quais eram as partes mais assustadoras.

Mãe: Os macacos alados.

Pai: Quando a tia Em vira uma bruxa na bola de cristal.

Lisa: Os sapatinhos vermelhos, porque simbolizam sangue e sacrifício.

Credo. Não simbolizam, não. Continuando...

Peter: O Homem de Lata. Aquele homem sem coração com um machado me dá arrepios.

Josh: O final! E se a vida fosse só um sonho? Assustador!

No dia seguinte, na escola, a nossa equipe se reuniu:

Contei pra eles que a gente ganhou tempo, porque eu já tinha escolhido a Mo como Dorothy. Achei que eles iam gostar da notícia, mas eles me olharam feio!

A professora Plácida disse uma coisa que me deu arrepios: – Talvez a Mo não seja a melhor para o papel. Vamos ver o que acontece.

Primeira audição: Ryan.

No começo, ele estava tremendo.

A professora Plácida disse:

– Respire.

O Ryan queria o papel do Homem de Lata, mas acho que ele daria um ótimo Leão Covarde! Escrevi minhas opiniões num papel. A gente não podia falar nada.

A Mo foi a primeira das 37 Dorothys. Ela atuou muito bem! Eu aplaudi. A professora Plácida pediu pra eu parar. Então, a Mo começou a cantar. A professora Evans abaixou a cabeça. A senhora Pingo fez cara feia. A Mo terminou. Eu respirei fundo, e me encolhi como um balão murchando. Bem que a Mo podia fazer aula de canto.

Tivemos que ouvir a música do arco-íris mais 36 vezes, além de 3 Leões, 7 Bruxas, 1 Mágico, 2 Espantalhos, 3 Homens de Lata, 6 bailarinos da Liga das Canções de Ninar (todos bons), 3 integrantes do Grêmio do Pirulito e 1 macaco alado que ficava pulando e coçando as axilas. U-u, a-a!

Pra última audição, a Nikki subiu no palco. Ela até parece a Dorothy. Quando ela cantou Além do arco-íris, fiquei de boca aberta. Foi perfeito. Não, A MO FOI MELHOR.

A Nikki saiu do palco e a nossa equipe foi pra sala dos professores conversar sobre os atores.

Eu entrei na sala dos professores!!!

Fiquei surpresa: não era uma sala muito animada. Só havia uma mesa grande com umas 20 cadeiras, alguns armários e uma pia. Era meio sem graça.

Alguém: A Nikki é a Dorothy.

Eu: Como assim?

Eles: É mesmo! Sem dúvida! Claro!

Eu: E se a Mo for a Dorothy?

Eles: Não, não, não... Acho que não.

Eu: Mas ela pode ensaiar mais!

Eles: Ellie, a Nikki tem uma voz linda.

A Mo pode ser uma personagem que não canta.

A Nikki é a Dorothy. Nikki. Nikki. Nikki.

Certo, e quem pode ser a Bruxa Má do Oeste?

Eu nem ouvi o final da discussão. O que aconteceu? Minha cabeça estava a mil por hora. A Nikki podia ser melhor no papel da Dorothy, mas a Mo ia ficar muito magoada. Ia ficar arrasada. Ela estava tão animada pra ser a Dorothy. Que droga! Que horrível! Que desastre!

Como vou dar a má notícia pra ela?

A professora Plácida interrompeu meus pensamentos.

Não contem a ninguém? Isso significa que vou ter que evitar qualquer pessoa até amanhã cedo.

Nossa reunião acabou e o sinal tocou. Eu me escondi no armário do zelador até a escola esvaziar.

Então, corri pra casa sem ser vista.

Mas, assim que comecei a me acalmar...

Triiiiim!

Triiiiim!

Triiiiim!

Lisa: Por que você não atendeu? É pra VOCÊ! É a Mo! Atenda!

Eu: Não! Diga que não estou!

Pra não dizer que menti, fui embora.

Parecia que um tornado estava me seguindo. Eu corri o mais rápido possível pra dentro da floresta.

Perfeito. Sem telefones ou pessoas me fazendo perguntas ou pedindo pra eu guardar segredos que não quero guardar. Finalmente, eu podia pensar e respirar.

Talvez a Mo não fique tão triste. Talvez não seja nada de mais. Talvez eu esteja preocupada à toa! Até parece. Eu sei exatamente o que isso significa pra ela. É importantíssimo. E ela vai me odiar.

Por que eu prometi o papel da Dorothy pra ela?

O que vou fazer agora?

1. Entrar em pânico.
2. Chorar.
3. Vomitar.
4. ?

A Dorothy tem um final feliz. Mas e a Mo? E eu?

Minha mãe sempre me diz que, quando eu perder o controle, tenho que começar com coisas simples.

1. Respiração de ioga.
2. Observar tudo ao meu redor.

- Eu vejo: pássaros, água cristalina do rio, árvores
- Eu ouço: pios e gorjeios, a água correndo, peixes pulando
- Sinto o cheiro de: VERDE. Que bobeira. Verde pode ser um cheiro? Sinto o cheiro de flores, árvores, folhas, além de uma camada de lodo: um cheiro meio doce misturado com cheiro de peixe
- Sinto o gosto de: ahn, não, obrigada
- Sinto: o vento soprando do sudoeste

Os peixes-lua passeiam pela água igual a pássaros voando. Se os peixes-lua pudessem voar, como seriam as asas deles?

Isso me fez pensar nos outros animais. Como um rinoceronte voaria? E um porco? E um macaco? Macacos alados... Os macacos do filme parecem carregadores de malas de um hotel mal-assombrado. Podemos desenhar nosso figurino pra peça de teatro. Como será a roupa dos macacos?

Vou pra casa desenhar tudo de novo. Estou ansiosa pra mostrar os desenhos pra professora Plácida amanhã!

Quando eu estava saindo da floresta, um galho me acertou em cheio no rosto. Mas foi bem pior depois, quando cheguei em casa e a realidade me acertou em cheio. Como foi que consegui esquecer da Mo por uma hora?

Mãe: Aconteceu alguma coisa entre você e a Mo?

Eu: Ela quer muito fazer o papel da Dorothy, mas ela só conseguiu o papel da bruxa. E eu não posso contar pra ela ainda.

Mãe: Puxa.

Ben-Ben: Au, au!

Mãe: A Mo vai entender.

Lisa: É só não fazer nenhuma besteira que você vai ficar bem.

Nossa, valeu, Lisa. Isso não me ajudou em NADA.

No dia seguinte, a Mo apareceu na escola VESTIDA DE DOROTHY. Eu queria me enfiar em um buraco.

Todos os alunos se reuniram no corredor.

Todos comemoraram quando a professora Plácida e a senhora Pingo chegaram com as listas. Carácolis. Elas tinham que fazer tanto suspense assim?

Os alunos começaram a empurrar uns aos outros. Eu estava pronta pra desmaiar.

– Mo, eu...

Mas ela nem escutou. Eu segurei a respiração, ela olhou a lista e olhou pra mim.

Ela saiu correndo. Eu a segui, mas ela me despistou.

Quando a aula começou, os alunos só falavam sobre o elenco. Eu não disse nada, fiquei olhando pra porta. Nada da Mo.

Três horas depois, a Mo finalmente apareceu no refeitório. Ela estava toda de preto. Eu corri pra dar um abraço nela, mas ela deu um passo pra trás. Nossa. Parecia a Mo do Universo Paralelo.

Eu: Você está bem?

Mo: Por que você quer saber?

Eu: Eu... o que... E-e-eu guardei um lugar pra você.

Mo: Não, obrigada.

Ela foi até a minha mesa e, pela primeira vez desde que a gente se conheceu, a Mo preferiu sentar longe de mim.

Ela me ignorou o dia inteiro.

Depois da aula, mostrei minhas ideias de roupas de macaco pra professora Plácida. Ela disse que ficaram boas. Acho que ela disse mais alguma coisa. Não sei. Eu estava pensando na Mo e tentando segurar o choro.

Fui pra casa sozinha.

Eu mal entrei em casa e já senti um cheirinho bom. Jantar! Lasanha e pão de alho, meus favoritos. Ouvi uma música. Abri a porta e...

QUE SUSTO!

Alguma coisa veio na direção dos meus joelhos!

Olhos brilhantes!

Voz estridente!

Alguma coisa pontuda!

O que é isso?!

Pulei pra trás e dei um grito. Eu ainda estava na ponta dos pés quando ouvi a gargalhada do Josh. Ele parou de rir alto e me deu um curso intensivo de robótica com a Mamãe Noel. (Ela faz parte da coleção de Papais Noéis da minha mãe. Ela sempre aparece de repente!)

O Josh falou que eu podia fazer algo parecido com o meu robô. Não sei, parece bem complicado.

Ele ofereceu ajuda, mas eu não conseguia me concentrar.

Decidi ligar pra Yasmin pra me ajudar a descobrir como trazer a Mo de volta. A Yasmin disse que eu devia pedir desculpas.

Acho que ela está certa.

Tentei ligar pra Mo. Ela não atendeu e eu não quis deixar recado na caixa postal, porque não sabia o que dizer.

No dia seguinte, a Mo não foi pra escola. Eu estava prestes a perguntar pros CÃES o que eles achavam disso quando, de repente, o Travis chegou todo sentimental.

Travis: Se eu contar pra vocês de quem eu gosto, vocês vão guardar segredo?

Eu, pra mim mesma: Opa. É a Mo?

Yasmin: Claro! Conte!
Travis (sussurrando): Da Sitka.

Eu, pra mim mesma: Por que a Sitka?

Yasmin: Ela é um amor.
Travis: É mesmo.
Dalton: Ela é boa em Matemática.
Eu: Ela senta comigo na aula de Ciências. Eu gosto dela, mas às vezes ela quer mandar em todos.

Ops. Acho que eu não devia ter dito isso.

Logo acrescentei: Ela é legal, Travis.

Na aula de Inglês, a professora Whittam passou uma atividade diferente. Cada aluno tinha que escolher três minutos do filme de Oz e reencenar o trecho usando um tipo diferente de arte. Podia ser dança, desenho, música, revista em quadrinhos, qualquer coisa. Daqui a algumas semanas, íamos apresentar tudo na ordem do filme. Seria como se a gente assistisse ao filme inteiro, do começo ao fim, mas de um jeito mais artístico.

O que eu quero fazer na minha cena? Não tinha a mínima ideia.

É claro que todos queriam escolher uma cena logo. Enquanto eu pensava nas possibilidades, os outros alunos escolhiam os três minutos favoritos deles. De repente, um pedaço de papel saiu voando da confusão de pessoas, flutuou e parou bem no meu pé. Estava escrito:

A Dorothy e o Totó são capturados e levados ao castelo por macacos alados.

Eu tentei colocar o papel de volta na mesa, mas a professora não deixou. Ela disse que ninguém podia trocar. Fiquei com esse papel! Mas eu nem escolhi!

Foi o papel que me escolheu.

Grr.

Eu podia inventar milhares de coisas legais pra QUALQUER CENA do filme, menos pra essa. Que injustiça.

Depois do almoço, os alunos do 7º ano se encontraram pra Primeira Leitura. É quando todos os personagens leem o roteiro oficial do Mágico de Oz em voz alta, juntos, cada um lendo suas falas. Fiquei feliz de ver a Mo no teatro. Talvez eu consiga conversar com ela depois.

A Primeira Leitura foi demais. Foi perfeita! Dava pra sentir a eletricidade ao nosso redor. Até a Mo foi fantástica.

Sei que ela vai ser a melhor bruxa de todas.

Personagens principais:	Equipe da produção:
Nikki = Dorothy Dalton = Espantalho Travis = Homem de Lata Ryan = Leão Covarde Sitka = Bruxa Boa Glinda Mo = Bruxa Má James = Mágico	Luci = som e luzes Rachel = figurino Glenda = publicidade Eu sou a diretora de palco, e não sei mais o que isso significa.

Depois da Primeira Leitura, a professora Plácida me disse que vamos passar o resto dos ensaios tentando retomar a energia e a animação de hoje.

Então, a professora anunciou a surpresa: tutores!

Os alunos de Teatro da universidade vieram pra ajudar a gente com os nossos papéis. Cada aluno tem um tutor.

Meu tutor: Zac

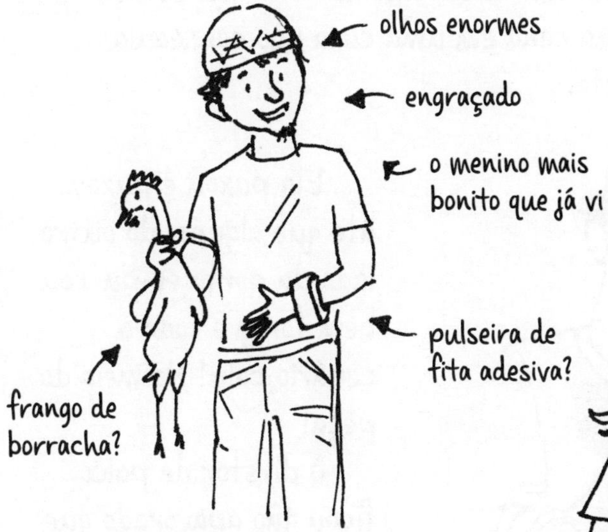

Eu tenho muita sorte.

Ele é o MELHOR.

O Zac me explicou a função de um diretor de palco.

- Seguir a diretora em todo lugar.
- Anotar copiosamente tudo o que ela diz.
  - Descobrir o significado de copiosamente.
  - Não precisa mais, o Zac me disse que quer dizer EM EXCESSO.
- Dar a deixa pros atores, pra que saibam quando e o que falar e onde ficar, caso esqueçam.
- Ter certeza de que os adereços estão no lugar certo.

O Zac contou histórias engraçadas de erros de palco. Em um deles, uma menina que estava fazendo uma cena em uma casa não conseguia abrir a porta.

Ela puxou e puxou, até que alguém do outro lado da porta empurrou bem forte e todo o cenário caiu! No meio da peça!

O diretor de palco ficou tão apavorado que ficou parado, de boca aberta, sem fazer nada.

Coloquei na minha lista:

- Verificar se todas as portas do cenário abrem e fecham.
- Não ficar apavorada a ponto de ficar parada, de boca aberta, sem fazer nada.

Tudo parecia um lindo sonho, até que o Zac se afastou pra atender uma ligação.

Eu ouvi: – Não, você não me atrapalhou. Eu estava só dando umas dicas de teatro pra uma garotinha. Já estou terminando.

Uma garotinha? É isso que ele pensa de mim? Minhas bochechas coraram. Meus olhos se encheram de lágrimas. Eu limpei as lágrimas e fui embora escondido pra ver o que os outros estavam fazendo.

Os alunos estavam aprendendo a atuar melhor. As aulas eram MUITO estranhas. A professora Plácida mandava os alunos imitarem o que ela dissesse.

– Imitem uma maçã!

– Agora, uma maçã mordida!

– Quero ver medo!
Agora, muito medo!

– Imitem pessoas bobas!
Agora, pessoas bem espertas!

– Pessoas malvadas.
Cruéis. Más.

— Agora, quero ver felicidade!

A Mo fechou os olhos, levantou as sobrancelhas e fechou os punhos.

— Ótimo! Agora, a felicidade mais felizmente feliz do universo!

A Mo olhou pra Sitka e deu o grito mais feliz do mundo. Parecia que ela estava brilhando. Será que ela estava atuando mesmo? Não sei. Ela fez a Sitka rir.

Se eu fosse uma atriz, e não diretora de palco, eu nunca teria prometido o papel da Dorothy pra Mo. Eu estaria feliz agora.

Talvez a Mo me deixe falar com ela no final do ensaio. Talvez eu saiba o que dizer.

Eu estava observando a Mo, e a professora Plácida bateu no meu ombro. – Ellie, você tem um tempinho pra ver os cenários? A produção está trabalhando bastante nos detalhes.

Algumas crianças e pais voluntários mostraram o cenário do milharal onde a Dorothy encontra o Espantalho.

A estrada de tijolos amarelos termina na parede, com um efeito que parece ilusão de ótica. Vai ficar melhor ainda quando estiver pronta.

Depois do ensaio, tentei falar com a Mo, mas ela foi embora rápido demais.

Eu também corri pra casa.

O Ben-Ben ficou feliz de me ver. Ele pulou em cima de mim e tentou lamber meu rosto.

Meu pai me recebeu com um convite:

Ei, campeã, eu organizei um passeio pro teatro Watson Center na semana que vem, pra vocês verem como os artistas profissionais trabalham.
Por que você não leva os CÃES?
Pode chamar quem você quiser.

Vai ser DEMAIS! A Mo vai amar!

Quer dizer, a antiga Mo ia amar. A nova Mo, eu não sei. Não conheço mais a Mo.

Então, reparei que havia alguns zumbis na sala!

O Josh e os amigos dele, Iggy e Doof, estavam se arrumando pra festa dos Contos Sangrentos na biblioteca.

Um pacote de gelatina sem sabor e uma colher de sopa de leite formam a pele de mentira mais realista que já vi. É só passar na pele e esperar 15 minutos, até secar.

O Josh aprendeu a receita com a Lisa. É um creme pra limpar a pele, mas ele encolhe e parece uma segunda pele. Eu coloquei um pouco da gosma de rugas do Josh.

Nossa, fiquei igual a uma velhinha!

Iggy: Ah, a gente esqueceu de falar pra não passar no queixo nem perto dos olhos e orelhas.

Doof: É, dói pra caramba na hora de tirar.

Josh: É, com água é BEM mais fácil de tirar. Eu queria que alguém tivesse me falado isso antes.

A gente devia usar isso na peça! É perfeito pra Tia Em e pro Tio Henry! Eles vão parecer mais velhos!

A gente podia usar na Bruxa Má também. Ia ser engraçado jogar água nela e ver o rosto dela derretendo mesmo. Um ótimo efeito especial.

Os meninos foram embora. A casa ficou um silêncio (exceto pelo Ben-Ben, que estava latindo para os esquilos).

Meus pensamentos ficaram mais altos. Tenho a impressão de que Josh e os amigos dele nunca brigam. Queria que a Mo fosse assim comigo. Estou com saudade dela.

De repente, a Lisa apareceu na minha frente.

Ela: Por que você está chorando?

Eu: Perdi minha melhor amiga e não posso fazer nada.

Ela: Sempre há alguma coisa a se fazer.

Eu: Não! Não tem mais jeito!

Ela: Então crie alguma arte. Você vai se sentir melhor.

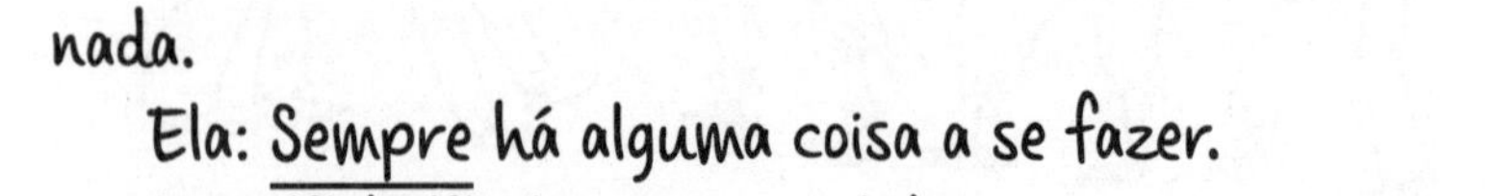

Acho que pulseiras da amizade podem ser consideradas arte.

Primeiro, eu fiz uma coleira pro Ben-Ben, porque ele não parava de me pedir. É como uma pulseira da amizade, só que maior.

Depois, fiz duas pulseiras em tamanho normal:

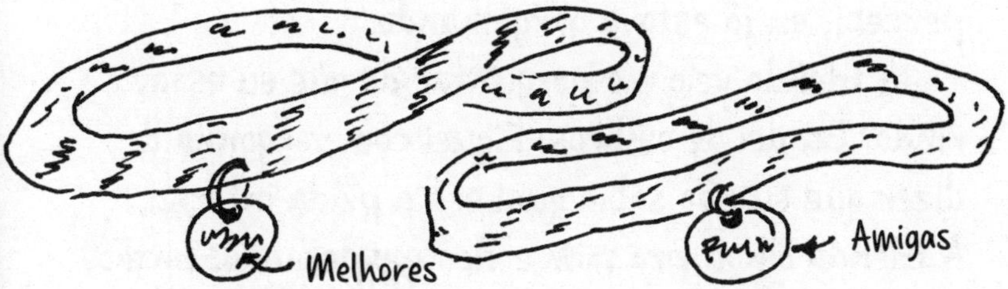

A Mo pode escolher a que ela preferir, e a outra é pra eu usar. Mal posso esperar até amanhã!

Comecei a me sentir melhor e fui ver o que a Lisa estava fazendo. Ela disse que estava fazendo uma obra de arte pra uma exposição da escola.

Pra mim, parecia uma pedra. Era uma pedra bonita, mas eu não entendia como aquilo podia ser chamado de arte.

Talvez fosse arte moderna.

No dia seguinte, fui bem cedo pra escola. A Mo estava com a Sitka e o Travis. Toda vez que a Sitka falava "maionese", eles riam como se fosse a coisa mais engraçada do mundo. Era contagiante. Eu sorri. Depois, comecei a rir com eles. Quando percebi, eu já estava gargalhando.

A Glenda veio me perguntar do que eu estava rindo. Eu dei de ombros. Fiquei com vergonha de dizer que eu não sabia qual era a piada interna. A Glenda olhou pra mim e ficou esperando. Então, surgiu um silêncio constrangedor. Eu pensei rápido e disse: – Estamos viajando na maionese! Ha ha!

Ninguém riu. Eu tinha que dizer alguma coisa rápido.

– Veja o que eu fiz pra você!

Eu quase joguei as pulseiras na direção da Mo.

O que aconteceu depois foi inesquecível. Vou lembrar disso até o dia em que eu for uma velhinha nos últimos dias de vida.

Eu vi tudo em câmera lenta.

A Sitka ficou de olho nas pulseiras e pegou as duas.

Ela deu uma pulseira pra Mo e colocou a outra!

Na mesma hora, O SINAL TOCOU!!!

Eu tentei me concentrar na aula, mas estava impossível. Eu tinha que pegar aquela pulseira da Sitka de volta. A Mo me ignorou completamente. Eu não sabia como chegar perto dela.

À tarde, na aula de Matemática, o professor Brendall pediu para os alunos fazerem um gráfico de pizza, um gráfico de barras e um diagrama de Venn que tivessem a ver com a peça de teatro. Foi fácil demais. Eu tinha centenas deles.

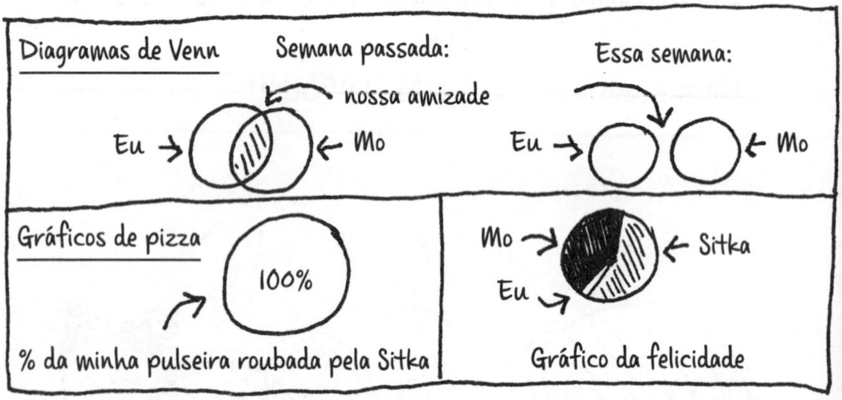

Não posso entregar esses gráficos pro professor.

Tive que entregar coisas chatas, como o gráfico abaixo:

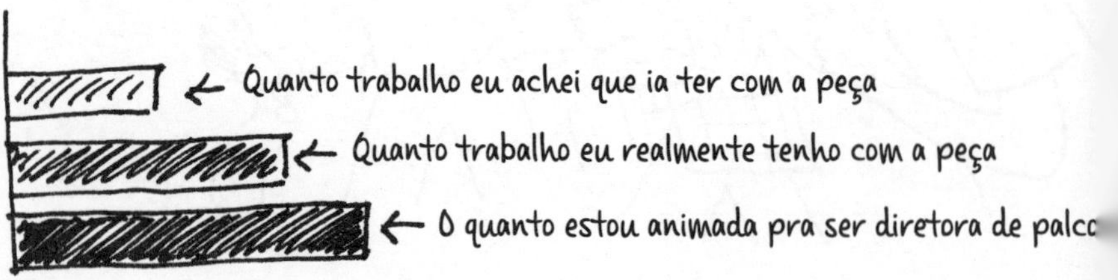

Hoje, foi o nosso primeiro ensaio. O roteiro estava fácil de decorar. Pra ajudar, todos já conheciam a história do Mágico de Oz.

A professora Plácida apresentou o Totó pra gente. Ele é o cairn terrier dela. É meio bravo. Ninguém quis fazer carinho nele. Carácolis. O Ben-Ben é um cachorro mais educado.

A Nikki era como a gente achou que ia ser: igualzinha à Dorothy. Ela era pequena e meiga na metade do tempo e grande e poderosa quando o roteiro exigia.

Só havia um problema: o Totó não tinha gostado nem um pouco dela.

A Glinda, a Bruxa Boa (Sitka) também não gostou da Dorothy. Ela ficava cutucando "acidentalmente" a Nikki com a ponta da varinha.

Acho que a Sitka queria demonstrar lealdade pra Mo, mas isso era maldade. Além disso, parecia que a Mo não estava gostando.

O Dalton disse que a Sitka estava sendo fiel ao papel. – A Bruxa "Boa" está sendo má! Ela rouba os sapatos da bruxa morta. Ladra de túmulos! Ela coloca os sapatos na Dorothy, ou seja, faz uma criança de cúmplice. DEPOIS, ela faz a Dorothy andar quilômetros até Oz em vez de dar uma carona na bolha. Ela é uma Bruxa Boa má.

Rá! Ele está certo.

No final do ensaio, revelei o meu plano brilhante pra professora Plácida: fazer os cenários, o figurino e a maquiagem dos primeiros 16 minutos nas cores branca e marrom pra ficar igual ao começo do filme. O final poderia ser colorido, porque a Dorothy muda e começa a ver o mundo de um jeito diferente.

Quanto mais eu falava, mais a ideia crescia. A professora Plácida disse que eu tenho ótimas habilidades pra criar ideias.

Eu me senti muito confiante. Encontrei a Mo e desabafei:

Ela ouviu.
Balançou a cabeça.
Olhou nos meus olhos.
Finalmente, consegui falar com ela!

Então, ela tirou a pulseira e entregou pra mim.
Não, não, não!
Não era isso que eu queria.
Não.
Ela foi embora.

Eu tinha que respirar. Eu não conseguia pensar. Eu não conseguia nem andar. Caí duas vezes e praticamente me arrastei até a floresta. Eu nunca tinha me sentido tão sozinha, mas a floresta era o <u>melhor</u> lugar pra ficar sozinha. Só que estava ocupada.

Tive que ver o Travis e a Sitka sentados na MINHA pedra lendo o roteiro juntos. Fui embora sem ser vista.

Será que eu me encaixo em algum lugar? Será que algum dia vou ter minha melhor amiga de volta? Por que todos estão loucos pela Sitka? O que há de errado comigo? Que dor. Parecia que eu tinha batido a cabeça na minha pedra várias vezes.

Não sei como, mas consegui voltar pra casa. Minha mãe olhou pra mim e quase me sufocou com um abraço demorado.

Uuuuuffff!

Enquanto o resto da família continuava agindo de forma estranha, ou seja, sendo eles mesmos, eu e a mamãe sentamos. Desabafei tudo.

Mãe: Acho que você está se esforçando demais. Nem tudo tem solução.

Eu: Isso TEM que ter! Eu nunca tive uma melhor amiga como ela. Não posso perdê-la. Tenho que falar com ela, mas não sei o que dizer.

Mãe: As palavras certas surgirão na hora certa.

A Lisa e o Peter tocando *Além do arco-íris* no uquelele.

O Ben-Ben com pulgas imaginárias.

O Josh controlando a Mamãe Noel fantasma com controle remoto.

Meu pai estava preparando a mesa do jantar. Ele cheirou o frango.

— Uuuuu! Sou um ótimo cozinheiro!

Eu quase sorri.

Minha mãe me abraçou de novo.

— Vamos deixar isso pra depois. Hora de comer.

Tá legal. Chorei até não aguentar mais. Eu não estava com a mínima fome.

Na mesa, o Josh começou a falar de tornados.

Josh: Fiquei pensando na cena do tornado pra sua peça de teatro.

Eu: A professora Plácida quer projetar um vídeo de um tornado no fundo do cenário.

Josh: Isso daria certo, mas e se você fizesse um tornado gigante de controle remoto que se movesse pelo palco?

Ele desenhou.

O Josh tinha outros planos:

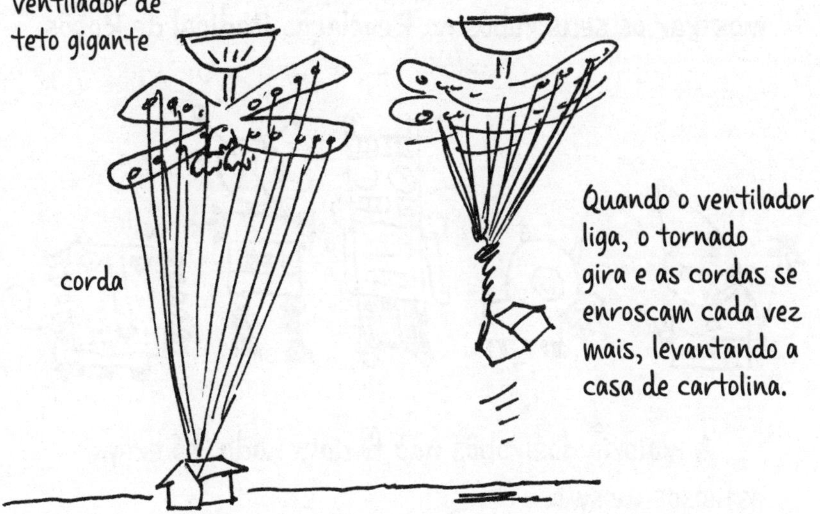

A gente ficou mais uma hora pensando nos tornados.

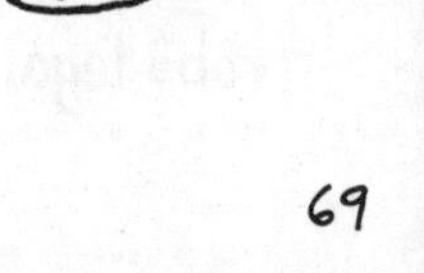

Tenho muita sorte de ter minha família.

No dia seguinte, na aula, a professora Whittam avisou que alguns alunos já estavam prontos pra mostrar os seus robôs na Revelação Radical de Robôs.

A maioria dos robôs não faziam nada, só eram estilosos mesmo.

Um dos alunos estava MUITO INSPIRADO: fez um robô com detector de movimento que acendia e tocava uma sirene. Era o Robô Detector de Cheiro Ruim.

Tudo isso me deu muita vontade de fazer um robô legal. Acho que vou precisar da ajuda do Josh.

Na hora do almoço, percebi que o Travis estava usando a pulseira que a Sitka pegou de mim.

Eu não sabia se ria ou se chorava, então decidi rir daquilo e de qualquer outra coisa o dia todo. Tentei ser o mais engraçada possível. Pedi pra todos darem uma nota de 1 a 10 pra comida de hoje do refeitório.

Todos concordamos com essas notas:

Viscosidade: 7
Cheiro bom: 5
Fungos: não sabemos
Sabor: 4
Restos de unha do pé: 0
Fator de rejeição: 10 (almôndegas)

Deu certo. Eu fiquei contente.

Nos ensaios, a professora Plácida era a Rainha de Dar Tarefas para todos.

A Mo fez dois. Ela fazia o papel de bruxa, mas não tinha problema. Depois, ela foi chamada pra ensaiar a parte dela, e eu fui assistir.

A personagem da Mo parecia triste, e não má. Será que era de propósito?

Espero que a Mo comece a gostar de fazer o papel de bruxa. A roupa dela ainda não está pronta. Acho que eu posso desenhar alguma coisa legal pra ela.

A gente devia ter algum acessório pra deixar a roupa dela mais bonita. Decidi procurar na caixa de adereços.

Foi então que encontrei o frango.
Com um bilhetinho!

Para Ellie:

Você foi embora e eu não tive tempo de contar pra você que alguns teatros têm tradições estranhas. Você deveria começar uma tradição na sua escola. No campus, sempre colocamos um frango de borracha na última noite de apresentação. O diretor não participa. É o elenco que decide como o frango vai aparecer.

Vou ficar esperando a entrada do Frank, o frango!

Seu tutor favorito,
Zac

NOSSA. Eu me senti honrada. Ele parou de me tratar como criança. O Zac com certeza é o melhor tutor do mundo. Fiquei pensando... Se eu fosse um frango, onde eu apareceria na peça?

Eu estava imaginando o destino do frango quando percebi que havia outro bilhetinho do Zac: "Pendurei um kit de reparos no prego perto da cortina, na coxia do lado esquerdo do palco."

Será que era uma caça ao tesouro? Fui até a coxia (foi complicado, porque a Dorothy e os Munchkins estavam dançando). Só vi um rolo de fita adesiva com uma etiqueta do Zac: "Kit de reparos: se não puder ser reparado com fita adesiva, é um problema grande demais para o diretor de palco." No verso, a etiqueta dizia: "Nós, diretores de palco, temos que nos unir."

Foi MUITO LEGAL.

É só me chamar, a diretora de palco que resolve todos os problemas. Eu estava me sentindo poderosa.

Um minuto depois, o departamento de figurino pediu a minha ajuda. Achei que ia ser importante, eles até me chamaram pelo nome. Então, descobri: queriam que eu ajudasse experimentando uma roupa.

(Depois disso, eu me senti bem menos poderosa.)

Blé. Eu não conheço essa moça do figurino. Só sei que ela é professora das crianças mais novas e é muito mandona. Não vou deixá-la acabar com o meu bom humor.

A professora Plácida deve ter escutado que eu não tinha "nada" pra fazer, porque ela entrou e me viu de árvore, depois me deu uma lista de tarefas e foi embora.

A lista:

- Verifique os adereços duas vezes. Faça uma lista do que ainda precisamos.
- Decore todas as falas e deixas para poder alertar todos os atores cinco minutos antes de eles entrarem no palco.
- Continue dando boas ideias para a diretora.
- Acostume-se com o microfone de comunicação. É parte do uniforme de palco.
- Verifique o figurino duas vezes. O que foi feito? O que ainda não foi? O pessoal do figurino fez uma roupa de macaco a mais. Espero que não esteja no lugar de uma roupa essencial para a peça.
- Divirta-se!

FINALMENTE me livrei da roupa de árvore. Encontrei a Yasmin e fomos pra biblioteca da escola, pro canto mais distante de tudo, atrás de uma pilha de livros, pra ter mais privacidade. Então, desabafei: — SOCORRO!

Eu nem precisei explicar nada. Nós, os CÃES, praticamente lemos os pensamentos uns dos outros.

Yasmin: Você tentou conversar com a Mo?

Eu: Tentei, umas mil vezes. Ela não me ouve.

Yasmin: Tentou ligar pra ela?

Eu: Uma vez, e ela não retornou.

A Yasmin olhou feio pra mim.

Yasmin: Você tentou escrever uma carta?

Eu: Não. Eu não sei mais o que dizer pra ela! A gente se afastou tanto que existe um ABISMO entre nós, e eu não sei como chegar ao outro lado.

Yasmin: Peça DESCULPAS. Ela não consegue ler seus pensamentos, sabia?

De repente, vi que eu tinha uma missão: pedir desculpas pra Mo. Esperei pelo momento perfeito, mas ele não chegou.

Quando o ensaio acabou, a gente se reuniu nos bastidores do Watson Center pra fazer o passeio que meu pai organizou. A gente desceu as escadas e meu pai apontou pra pedra angular. Estava escrito 1912. Que lugar VELHO.

A nossa guia turística, Rosane, encontrou a gente no mezanino (balcão). Tudo era enfeitado. Havia lustres no teto.

Andamos pelos corredores com cartazes de todas as apresentações da história do teatro (centenas).

Antes de ir pros bastidores, avisaram que a gente não podia assobiar, bater palma ou levar espelhos, flores de verdade ou gatos. A Rosane disse que essas coisas dão muito azar. Eu, hein.

Tudo estava pintado de preto. No alto, havia luminárias cheias de teias de aranha. No chão, um labirinto de setas e marcas de fita adesiva pra mostrar aos atores onde deveriam ficar, e pra mostrar ao assistente de palco (o cabo man) onde colocar o cenário. Eu falei pra Mo que a gente precisava levar o passeio a cabo. Ela não riu, mas o Dalton e a Yasmin riram.

Aprendemos o nome das partes do palco:

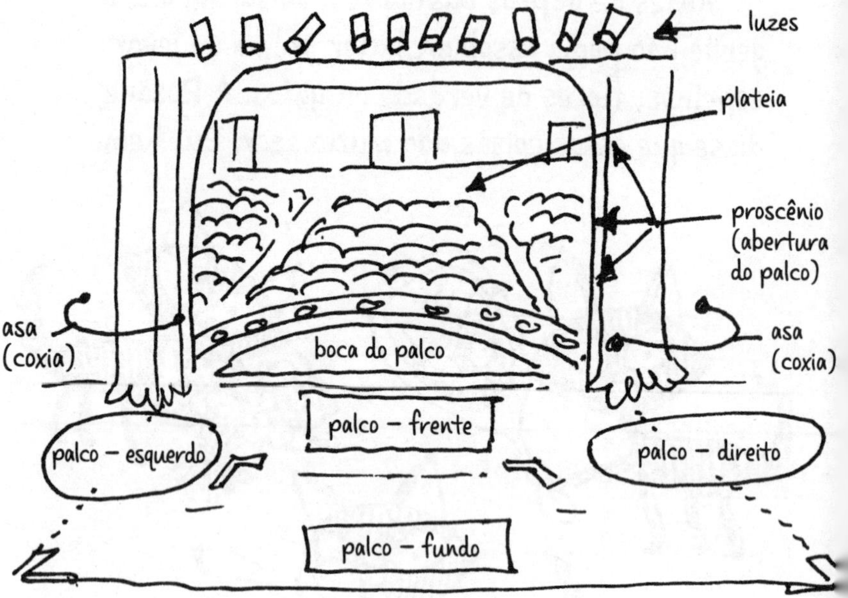

A gente subiu no palco pra ver a plateia. É fácil imaginar uma plateia enorme assistindo à nossa peça. A Rosane acendeu os holofotes. Meu coração acelerou. Eu comecei a me imaginar na peça, até pensei que eu poderia fazer o papel de macaco alado. Na mesma hora, pulei fora desse devaneio. Eu não posso ser diretora de palco E atriz. Estou feliz por estar nas asas e não ter que usá-las!

Fomos visitar os camarins. Todos queríamos ver os espelhos de maquiagem. Ficamos fingindo ser astros da Broadway. A Rosane ligou o interruptor. As luzes eram muito brilhantes! Vi o reflexo da Mo no espelho, ela estava olhando pra mim. Eu sorri, e ela virou o rosto na hora.

Fiquei aliviada quando a Yasmin me chamou pra admirar as roupas e os acessórios.

A Rosane nos levou pra parte do teatro onde fica a orquestra e pediu pra gente sentar. Escolhi o meu lugar com cuidado pra poder ficar atrás da Mo.

Eu me inclinei pra frente na cadeira e sussurrei: — Desculpe.

A Mo não reagiu. Acho que ela não me escutou.

— Desculpe! — falei mais alto. Nada.

Até pensei em gritar, mas as luzes diminuíram. Todos ficaram em silêncio. Um holofote iluminou alguém no palco. Era o Zac, meu tutor! Ele anunciou que os tutores tinham ensaiado por várias semanas e queriam mostrar a música que eles vão cantar e dançar em um musical no mês que vem.

Foi muito legal! A gente aplaudiu sem parar.

Então, agradecemos à Rosane pelo passeio e saímos do teatro.

Depois que todos saíram, meu pai me disse que tinha conseguido dois ingressos pra apresentação de hoje no Watson. Pensei que ele iria com a minha mãe, mas ele disse que eu vou com ele!

Primeiro, fomos jantar em um refeitório da universidade.

Eu adoro comer no *campus*. Parece que eu sou aluna da universidade (alguns anos adiantada). Todas as pessoas são legais comigo. Além disso, a comida é DELICIOSA (e não tem fungos nem pedaços de unhas).

Eu estava comendo o melhor *sushi* da minha vida quando meu pai me lembrou da dura realidade:

– Você e a Mo não são mais um time.

Eu: Eu... Ah... É.

Pai: O que você tentou fazer?

Eu: Já tentei TUDO. Hoje, eu pedi desculpas. Ela não reagiu. A pior parte é que isso está afetando a atuação dela. Em vez de ser uma bruxa má, ela é uma bruxa triste, e eu não sei o que fazer pra ajudar.

Pai: Quantas pessoas fazem parte da peça?

Eu: Contando o elenco e a equipe técnica? Acho que são 63 pessoas, sem contar os professores.

Pai: Qual a importância de cada pessoa? Há algum esquenta-banco ou trapaceiro no time?

Eu: A professora Plácida disse que não existem papéis pequenos. Todas as pessoas são importantes pro sucesso da peça.

Pai: A Mo sabe que ela é uma jogadora de impacto?

Eu: Por que ela não saberia disso? Ela é uma atleta. Ela sabe que todos os jogadores são importantes.

Pai: Ela sabe. Mas talvez ela não se lembre disso. Até os melhores jogadores precisam de técnicos.

Quando eu e meu pai estávamos indo pro Watson Center, fiquei pensando em como eu poderia falar com a Mo.

Meus pensamentos foram interrompidos por pessoas que pareciam brotar dos arbustos pra apertar a mão do meu pai. Ele conhece TODOS no campus!

Todos estavam sorrindo e dizendo coisas legais.

Disse pro meu pai que deveriam colocar a foto dele na parede dos atores, com as outras grandes estrelas. Ele disse que todos estavam felizes porque o time dele estava numa temporada muito boa, mas que só conhecemos os verdadeiros amigos quando nosso time está perdendo.

Encontramos os nossos lugares (na terceira fileira!). No palco, três homens altos e um baixinho contavam piadas e cantavam músicas que eu conheço e um monte de músicas que eu adoro.

De repente, ouvimos um órgão bem alto. Parecia que não combinava. Os homens do palco pararam de cantar. A plateia estava conversando. Ninguém conversa durante uma apresentação! Então, ouvimos uma gargalhada muito alta. – Muahahahahahaha!

Agarrei o braço do meu pai. Que assustador!

Uma coisa enorme surgiu do meio da fumaça na frente do palco. Meu pai disse que era um órgão de tubos Wurlitzer. Um homem de capa preta que parecia um fantasma estava tocando o órgão, gargalhando e gritando com os outros homens do palco. Eles discutiam de um jeito engraçado, e eu tive certeza de que era combinado. Tudo fazia parte da apresentação.

A plateia se animou quando o homem baixinho lançou um desafio musical pro fantasma — e venceu.

Depois da apresentação, peguei o autógrafo de todos os atores. À noite, comentamos como a peça tinha sido divertida — e na manhã seguinte também.

Antes da aula, levei o Henry pra passear e cantarolei músicas da peça de ontem.

Procurei por esquilos em todo lugar. Vimos um gambá, mas ele chiou pra gente e o Henry se afastou. Durante o resto do passeio, o Henry não puxou a coleira e andou do meu lado, todo comportado (pelo menos uma vez).

Ainda bem que a senhora Hamilton não estava no quintal. As flores dela ainda estavam um desastre. Será que eu e o Henry fizemos tudo aquilo? Não era possível.

Na sala, os professores falaram sobre assuntos relacionados ao teatro. Na aula de Ciências do professor Brendall, estudamos animais que usam a atuação pra enganar os predadores de um jeito estranho.

← Os gambás deitam no chão e se fingem de mortos quando um predador chega perto.

As cobras da espécie *Heterodon platirhinos* também! (Elas até sangram um pouco.) →

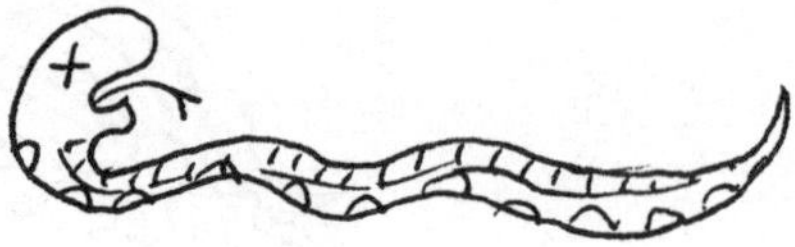

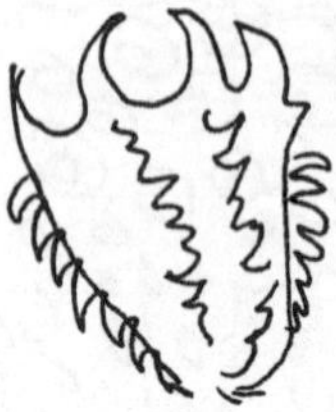

← As lulas-vampiras-do-inferno ficam do avesso e exibem muitos espinhos inofensivos. Os olhos falsos encolhem, e parece que elas estão nadando pra longe. Além disso, elas soltam luzes estranhas que confundem os predadores.

Os bichos-pau e os bichos-folha parecem partes de plantas. →

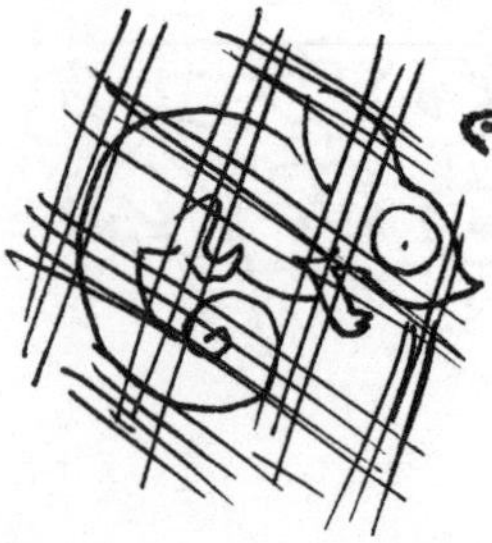

← Os camaleões mudam de cor pra combinar com o plano de fundo. É como se a gente trocasse de roupa e ficasse da cor da nossa carteira na escola.

Pelos corredores da escola, encontrei outros disfarces:

O James tenta enganar os amigos dele inventando curiosidades sobre Oz, esperando que eles acreditem. →

James: Pra filmar o tornado no filme *O mágico de Oz*, o diretor atraiu um tornado pro set oferecendo caminhões e vacas pra ele.

A nossa reação: Peraí, O QUÊ?

← O Travis e a Sitka gostam um do outro, mas ainda não querem que os outros saibam (exceto os amigos mais próximos).

A Ellie Rabisco finge que está tudo bem entre a Mo e ela, mas na verdade ela está chateada. E ainda não descobriu como consertar as coisas. →

Depois da aula de Ciências, pedi pro Travis me ajudar a pensar em um aperto de mão para os CÃES. Espero que isso deixe a equipe mais unida. Assim, posso me aproximar da Mo.

Eu e o Travis tivemos uma ideia:

1. Formando uma roda, mexemos a mão direita fazendo um arco da esquerda pra direita.

2. Em seguida, soletramos CÃES em língua de sinais com a mão direita:

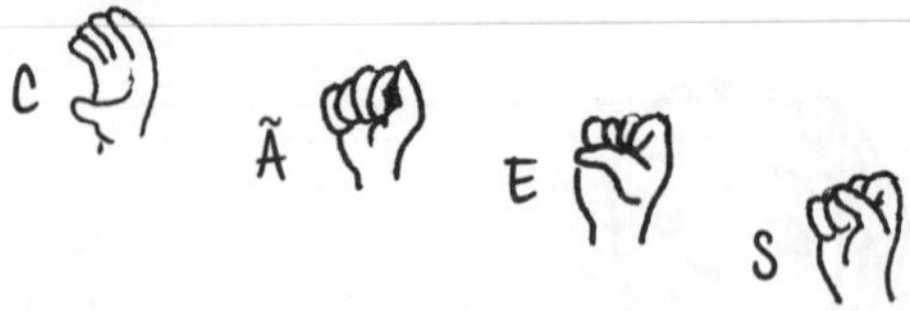

3. Cumprimentamos os amigos ao lado com os nós dos dedos.

4. Em câmera lenta, abrimos as mãos como fogos de artifício e dizemos "Uá-á-á".

5. Mãos de jazz (mexemos as mãos de um lado pro outro).

6. Juntamos nossas mãos no centro dizendo "CÃES!" e levantamos as mãos.

Ensinamos nosso aperto de mão pra todos os CÃES e treinamos até todos decorarem. A gente é MUITO legal.

Na aula de Artes, a professora Trebuchet mostrou uma apresentação de *slides* com várias máscaras. Ela foi pra um museu em Nova Iorque, viu essas máscaras e desenhou tudo na hora, com um monte de gente em volta olhando. Eu quero ir pra esse museu em breve (com um diário, mas sem a multidão em volta).

Comecei a desenhar as máscaras o mais rápido possível.

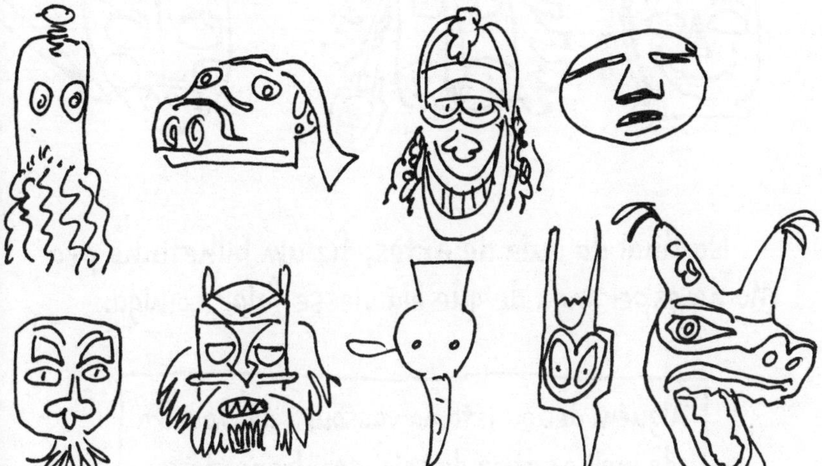

Nossa tarefa era: fazer uma máscara do nosso personagem preferido do Mágico de Oz. A minha personagem preferida sempre foi a Dorothy. Sei que não faz sentido, mas eu pareço desleal à Mo (que ainda não gosta de mim) por gostar da Dorothy. Acho que vou fazer uma máscara de bruxa mesmo.

No final da aula de Artes, fiz um bilhetinho pra Mo na esperança de que ela viesse falar comigo:

> Alguém deixou isto na vassoura de madeira
> da melhor atriz da sala, sem brincadeira.

Colei o bilhete na vassoura da Mo e me escondi atrás da porta do camarim. Eu queria ver a reação dela. Prendi a respiração, e a Mo finalmente entrou na sala. Ela pegou a vassoura, tirou o bilhete, leu, amassou e jogou na caixa de adereços. Eu pulei de trás da porta e bloqueei a passagem.

Eu: Mo, a gente PRECISA conversar!

Mo: Conversar sobre o quê? Você me prometeu uma coisa importante e depois tirou de mim.

Eu: Eu tentei! Eu discuti com os professores, mas eles quiseram dar o papel pra Nikki! Se eu pudesse, eu ia fazer a Nikki desaparecer no meio de um tornado!

A Mo balançou a cabeça e apontou pra algo atrás de mim.

Eu virei e vi pra onde a Mo estava apontando. A Nikki estava bem atrás de mim. Ela estava horrorizada. A Mo franziu as sobrancelhas. Então, a Sitka apareceu no corredor.

Com certeza, a professora Plácida ouviu tudo pelo microfone de comunicação. Eu deslizei pela porta como uma água-viva, nem parecia que eu tinha coluna vertebral. Eu queria ir pra casa, mas fui sentar na última fileira do auditório. Não sei por que tive o trabalho de me esconder ali. Eu podia ouvir a professora Plácida me chamando.

Parabéns, Ellie. Que orgulho. Você conseguiu PIORAR a briga com a Mo e ainda arrumou OUTRA briga com a Nikki.

O ensaio era sempre a parte mais legal do dia. Hoje, parecia uma tortura.

A professora Plácida me chamou pra ir até o palco. Eu tinha que anotar o que ela dizia. Não tive escolha. A Mo e a Nikki não paravam de me olhar feio.

Eu queria que um tornado ME levasse embora.

O show tem que continuar, né?

Por quê?

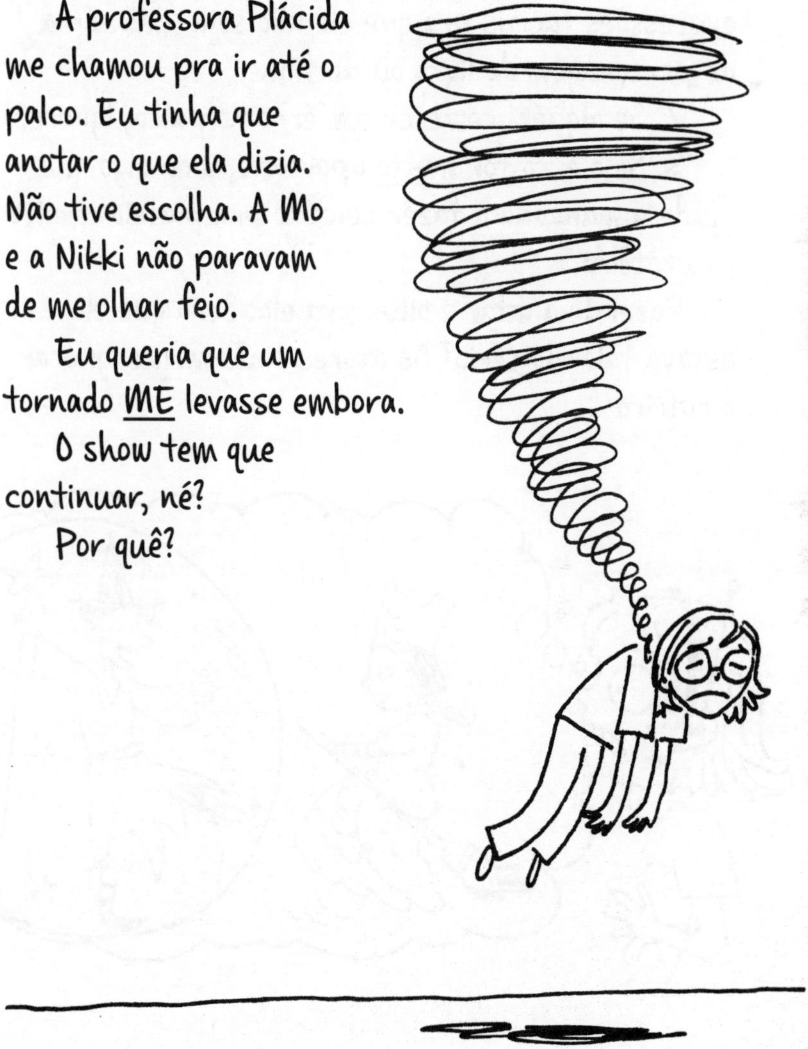

Eu não podia pensar em coisas ruins. Eu precisava me concentrar no que a professora estava falando pro elenco.

Minhas anotações:

1. Incremente seu personagem. Crie gestos e expressões faciais pra que ele não seja uma cópia do personagem do livro ou do filme.

2. Se alguém cometer um erro no palco, ignore.

3. Se o erro for <u>muito</u> aparente, diga algo que ajude a mancada a fazer sentido pra plateia e volte pro roteiro.

Parei de anotar e olhei pra ela. Será que ela estava falando sério? Os atores tinham que ignorar o roteiro?

Então, como se tivesse lido a minha mente, a professora disse que o melhor seria seguir o roteiro e ignorar os erros. Ótimo. Espero que todos lembrem disso.

No intervalo, falei pra Yasmin sobre o bilhete que eu tinha colocado na vassoura da Mo pra gente fazer as pazes e disse que tinha dado tudo errado.

Yasmin: Tente de novo.

Eu: Não. Eu tentei. Não deu certo. Desisto.

Depois do ensaio, a professora Plácida sempre reúne os alunos pra finalizar com o relaxamento. Em círculo, cruzamos os braços e damos as mãos enquanto ela diz coisas legais sobre o dia. A gente se cumprimenta com um aperto de mão, como se fosse um abraço, mas com as mãos. Ela aperta minha mão, eu aperto a mão da pessoa que está do meu lado, e assim podemos ver o aperto de mão percorrer todo o círculo, até voltar pra mão da professora.

Normalmente, eu fico perto dos CÃES. Hoje, segurei bem firme a mão do Travis e a do Dalton.

A Mo foi embora com a Sitka.

Antes que a Nikki fosse embora, eu criei coragem e perguntei pra ela se a gente podia conversar. Ela disse que sim. Senti um alívio enorme. Fomos pra um canto da sala, pra ninguém interromper a conversa. Eu pedi desculpas por ter falado que eu queria que ela desaparecesse no meio de um tornado.

Contei pra ela que eu só tinha dito aquilo porque estava frustrada e queria fazer as pazes com a Mo.

Fiquei surpresa quando ela disse que me entendia. Ela disse que seria engraçado se um tornado a levasse embora, já que ela ia ser a Dorothy. Ela até me abraçou. Como eu queria que fosse fácil desse jeito fazer a Mo entender o meu ponto de vista. Fui pra casa me sentindo um pouco melhor.

Em casa, depois do jantar, a Lisa estava trabalhando em um projeto da escola chamado Faux Arts. Ela me disse que *faux* significa falso. (A pronúncia é "fô".) A exposição terá várias descobertas falsas de todos os tipos, e a pedra que ela está fazendo é um "fóssil" de sereia. Quero que ela faça um pra mim!

Ela falou que eu deveria levar meus amigos pra exposição.

Duvido que a Mo queira ficar perto de mim, mas pode ser que os outros CÃES topem. Amanhã eu pergunto pra eles.

Enquanto isso, o Josh me ajudou com o robô. O tempo todo, eu só olhei e entreguei as peças pra ele montar. Na verdade, eu estava mais interessada na Lisa. A sereia que ela estava fazendo era tão linda! O Josh ficava chamando a minha atenção. Ele disse que gostaria de ter mais tempo pra fazer o robô. Mas era pro dia seguinte.

Eu o chamei de Frankenrobô.

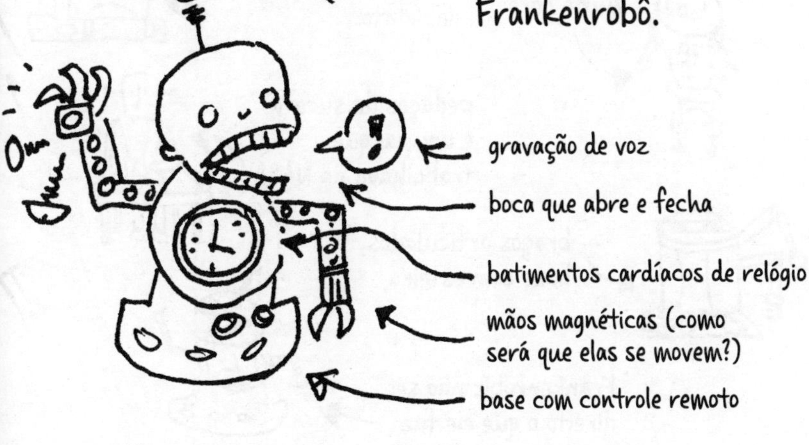

No dia seguinte, fui pra escola mais cedo e levei o Frankenrobô. Quase todos os outros robôs eram esculturas legais, mas alguns eram incríveis! Tenho quase certeza de que custaram muito dinheiro e mais certeza ainda de que não foram feitos só pelos alunos.

Depois disso, eu até me senti melhor com meu robozinho.

Eu me senti um pouco culpada porque o Josh fez quase todo o trabalho. Mas estou ocupada demais cuidando da peça de teatro. Eu não tenho tempo de fazer projetos muito elaborados. Além disso, eu ajudei sim a fazer o robô.

Tá legal, acho que eu devia ter prestado mais atenção no Josh e menos na sereia da Lisa. Mas a sereia era linda!!! Parecia de verdade! Enfim, no próximo projeto, vou me esforçar mais.

Na hora do almoço, a Sitka saiu da nossa mesa e foi perguntar pra professora Plácida sobre a roupa de Bruxa Boa. Eu queria convidar os CÃES pra exposição Faux Arts, mas na mesma hora o Travis perguntou se a Sitka podia fazer parte do nosso grupo.

Eu sou completamente contra.

O grupo está ótimo do jeito que está. Não gosto de como a Sitka está afastando a Mo de mim. Talvez eu esteja com ciúme. Mesmo assim, não quero contar isso pro resto do grupo. Com certeza, todos os outros CÃES vão querer que a Sitka entre no grupo.

Eu tentei dizer algo racional:

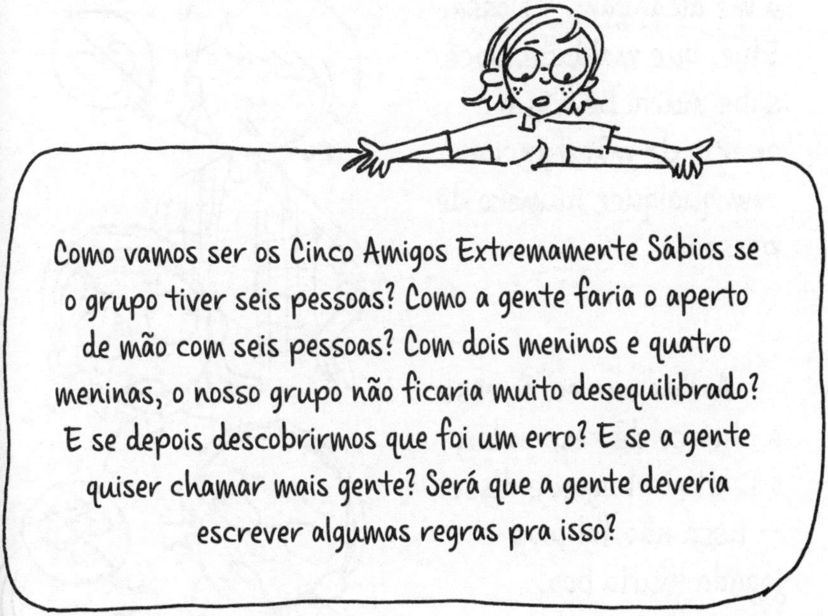

Vi que horas eram.

Enrolei mais um pouco fazendo mais perguntas.

Finalmente, TRIIIM!

O Travis foi o primeiro a me alcançar: — Nossa, Ellie, que maldade. Você sabe muito bem que o aperto de mão funciona com qualquer número de pessoas.

Antes que eu tivesse a chance de responder, o Dalton chegou e disse: — Essa não foi uma jogada muito boa.

A Yasmin olhou pra mim prestes a dizer alguma coisa pra aumentar a minha tristeza: — Ellie...

Eu não queria ouvir. Carácolis. Será que não consigo fazer nada certo? Murmurei um pedido de desculpas e fui pra aula.

Na aula de Matemática do professor Brendall, tive bastante tempo pra pensar.

Deixar a Sitka de fora não vai fazer a Mo se aproximar de mim. Eu já perdi a Mo. Não quero perder meus outros amigos. Eu fiz quatro cópias deste bilhetinho:

Desculpe pelo que fiz no almoço. Eu apoio a entrada da Sitka no grupo.

Obs.: Quer ir pra exposição de arte e pro concerto do ensino médio hoje à noite? Será a primeira reunião dos CÃES. Assinale a sua resposta:

___ sim, parece divertido!
___ não, mas eu gostaria de ir
___ talvez

Eles me devolveram três "sim" e um "talvez" com uma mensagem extra: "Só se a Sitka puder ir". Aposto que esse último é da Mo.

No ensaio, aprendemos a fazer a maquiagem. As luzes do palco iluminam as sombras, e o rosto dos atores tem uma aparência achatada. A maquiagem dá um efeito 3-D ao rosto.

Havia poucas paletas para serem divididas. Eu ajudei a colocar as tintas nas paletas. Usando uma foto como modelo, cada ator fez a sua própria maquiagem.

Esta curiosidade do James é verdadeira: durante as filmagens de *O mágico de Oz*, o primeiro Homem de Lata quase morreu por causa do alumínio da maquiagem dele. A Sitka entrou em pânico:

– A maquiagem do Travis é perigosa?

– Hoje em dia, a maquiagem do teatro é diferente e muito mais segura. Mesmo assim, vocês precisam remover cada centímetro de tinta depois da peça – disse a professora Plácida.

O resto do ensaio foi muito divertido. A gente verificou se as fantasias estavam terminadas e se serviam. Um fotógrafo chegou pra tirar algumas fotos pra criar panfletos, pôsteres e artigos de jornais. Tenho que admitir, a equipe de figurino fez um ótimo trabalho.

Eu pedi pra ele tirar uma foto minha com os macacos, porque eu desenhei as roupas deles. Os atores que fazem os macacos têm mais de um papel. Eles também são Munchkins e habitantes da Cidade das Esmeraldas. São três trocas de roupa e maquiagem.

Todos os alunos da equipe técnica vão usar roupas iguais: todos de preto. Não é chamativo nem brilhante, mas o figurino combina perfeitamente com o fundo do palco.

Reparei que o Dalton e o Travis estavam cochichando demais. Quando a professora Plácida falou pra todos trocarem de roupa e tirarem a maquiagem, eu descobri o porquê. O Espantalho e o Homem de Lata pegaram no meu braço e me levaram pulando até o fundo do auditório. Foi tão bobo que eu dei risada.

O Dalton e o Travis disseram ao mesmo tempo: Podemos conversar?

Eu: Claro! O que aconteceu?

Travis: Ellie, você é uma ótima amiga.

Dalton: Você tem vários amigos. Muitas pessoas legais gostam de você.

Travis: A gente percebeu que você está tentando se reconciliar com a Mo, e sentimos muito por você.

Eu: (Nada. Continuei engolindo em seco, pra ver se minha garganta parava de doer. Não parou.)

Dalton: Faz muito tempo que a gente conhece a Mo. Ela vai voltar pra você. Temos 98% de certeza.

Eu: Quero 100% de certeza.

Travis: E se for impossível?

Dalton: A minha mãe disse que você pode ser o melhor morango do mundo, mas ainda vai haver pessoas que não gostam de morango.

Eu: Morango? Como assim?

Travis: O que ele quis dizer é que nem todas as pessoas vão amar você ou ser suas melhores amigas. A vida é assim. Existem coisas boas e ruins.

Dalton: Eu prometo, se você perder a Mo, alguma coisa muito boa vai acontecer depois. E se eu estiver errado, você pode... não sei.

Travis: Você pode mandar o Dalton dançar hula-hula na frente da escola inteira. Com um frango.

Dalton: E o Travis vai me acompanhar!

Rá! Eu adoraria ver isso.

Quando voltamos pro ensaio, a professora Plácida avisou que a gente só tinha mais um dia pra entregar um desenho pro panfleto da programação. Eu tinha esquecido completamente! No caminho pra casa, tentei pensar em algo legal, mas meu cérebro só queria saber do que o Dalton e o Travis tinham me falado (e da hula-hula com os frangos).

Em casa, eu não tive tempo de desenhar. Minha mãe fez a gente comer rápido e logo fomos pra exposição de Faux Arts: Nem Tudo É o que Parece.

Eu sentei do lado dos CÃES. Ficamos todos os seis na mesma fileira. Primeiro, a orquestra (com a Lisa, o Josh e o Peter) tocou músicas da nossa peça. Achei o maestro, o professor Cornélio, bem interessante.

Ele mexia a batuta, balançando, torcendo, dobrando, quase dançando. Era engraçado.

A música do tornado era extremamente assustadora. O Dalton sussurrou: — Espero que apareça uma vaca voando.

— E um caminhão! — a Yasmin completou.

É difícil rir sem fazer barulho.

Depois do concerto, a turma visitou a galeria de arte.

O fóssil de sereia da Lisa, "encontrado pelo Rover da NASA". (As plaquinhas ao lado das obras têm informações falsas.)

Mistura de fada com duende na seiva de uma árvore de âmbar. Assustador, mas fofinho.

Percebi que a Mo estava rindo pro Ben-Ben, o cãozinho, que ADORA atenção.

Corte transversal do chifre de um unicórnio. A ponta estava gasta de tanto bater nas rochas. Na placa, estava escrito que cada anel corresponde a um ano de idade. Esta parte é a "bolsa de brilho", uma pequena glândula encontrada atrás da orelha esquerda do unicórnio.

A gente se divertiu muito nessa exposição. Já vou esclarecer: não estou gostando nem um pouco dessa realidade nova em que a Mo é só uma amiga, e não a minha melhor amiga. Mesmo assim, se eu não puder mudar isso, acho que vou ter que aceitar.

Depois da exposição de Faux Arts, fui pra casa e quase não tive tempo de pensar em um desenho pro panfleto da programação. Acabei olhando alguns desenhos do livro original pra ter inspiração.

Acho que eu deveria ter me dedicado mais, mas fiz o melhor que pude. Fiquei orgulhosa da minha assinatura, que demorou um TEMPÃO pra ficar perfeita. Espero que a professora Plácida me deixe redesenhar a capa do panfleto antes de mandar pra impressão. Se eu desenhar de novo, vai ficar bem melhor.

Na manhã seguinte, a primeira coisa que fiz foi entregar meu desenho. Aproveitei pra colocar alguns esboços no verso, caso a professora Plácida queira usar outras ilustrações.

Depois, fui pra aula de Artes. Os alunos estavam terminando de fazer as máscaras.

Como eu sempre termino as tarefas de Artes antes dos outros alunos, tive tempo de fazer uns rabiscos. Tentei deixar minha assinatura divertida com uma estrelinha em cima do "i".

Dalton: Você sabia que desenhar pode mudar suas emoções? Se você estiver inquieta e fizer desenhos alegres, você vai começar a se sentir mais feliz.

Yasmin: Desenho alegre? Como assim?

Eu: Acho que são carinhas felizes, corações, estrelas e arcos-íris.

Travis: E bolsas de brilho de unicórnios!

Sitka: Pra minha irmãzinha, desenhos alegres são caveiras e explosões. Ela gosta de coisas de piratas.

A professora Trebuchet parou na nossa mesa e perguntou: — As máscaras mudam nossas emoções ou escondem o que sentimos?

Decidimos que elas servem para as duas coisas.

Travis: Com uma máscara assustadora de Dia das Bruxas, eu me sinto mais poderoso.

Mo: Quando uso roupas chiques, eu finjo que sou uma madame. É por isso que eu não queria o papel de bruxa. Não quero agir como uma pessoa má.

Eu: Mas os vilões são fundamentais! Sem o mal, como a gente ia identificar o bem? Se a Dorothy conseguisse voltar rápido pra casa, o final não seria tão emocionante.

Mo: Eu não tinha pensado nisso.

Talvez a Mo enxergue as coisas de um jeito diferente agora, mas eu não sou louca o bastante pra achar que isso vai trazer nossa amizade de volta. Ela disse que não queria agir como uma pessoa má. Mas eu sinto que ela está sendo má comigo!

Não importa. Tenho coisas mais importantes em que pensar. A orquestra do ensino médio vai vir ensaiar com a gente, e vamos fazer a peça inteira do Mágico de Oz com música (sem figurino).

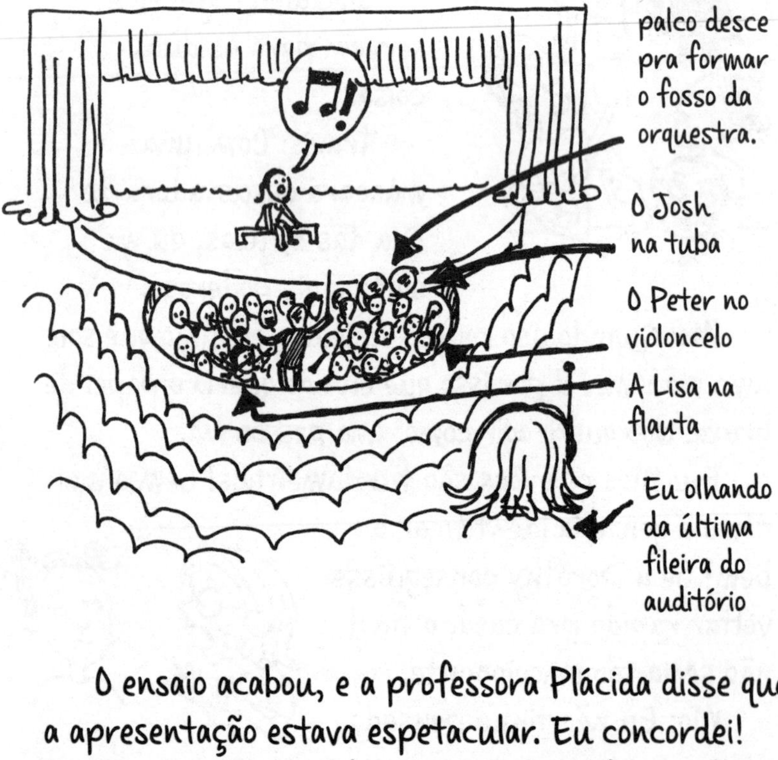

O ensaio acabou, e a professora Plácida disse que a apresentação estava espetacular. Eu concordei! O tempo passou voando e logo era hora de ir embora.

Depois do jantar, a Lisa foi fazer artesanatos. Ela estava fazendo flores de papel. Ela disse que eu ficaria feliz se ajudasse. Na verdade, *ela* ficaria feliz se eu ajudasse. Mesmo assim, decidi ajudar.

Como Fazer uma Flor:

1. Recorte um pedaço quadrado de jornal de 10 cm x 10 cm.

2. Dobre ao meio.

3. Dobre ao meio de novo.

4. Dobre formando um triângulo.

5. Desenhe as pétalas.

6. Recorte a parte rabiscada.

7. Desdobre.

8. Recorte uma pétala.

9. Cole a parte A na parte B.

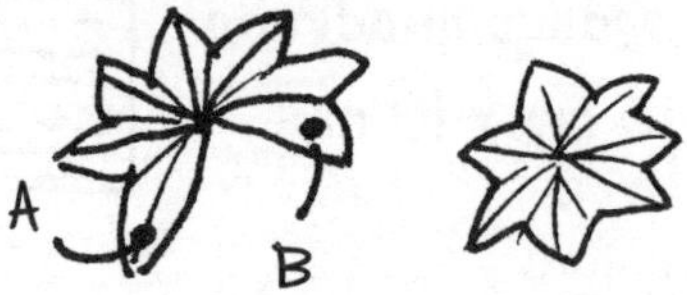

10. Espere secar e passe um limpador de cachimbo por dentro pra fazer a haste.

Variações: Faça quadrados de tamanhos diferentes. Cole botões no centro das flores. Coloque flores menores dentro das grandes. Pinte com caneta hidrográfica. Enrole a ponta das pétalas em um lápis.

Fiz um montão de flores. A Lisa tinha muito mais flores do que ela precisava, então ela me deu as que sobraram. Já sei o que fazer com elas.

No outro dia, passei na casa da senhora Hamilton no caminho pra escola. O jardim dela ainda estava com cara de pisoteado. Eu parecia uma espiã. Olhei em volta com cuidado. Limpei o suor da testa. Era uma missão silenciosa de gentileza. Coloquei o vaso na entrada da casa e toquei a campainha.

Ouvi uma voz abafada gritando alguma coisa. Um punho bateu na janela perto da porta. Fiquei tão assustada que dei um pulo de quase 2 metros de altura!

Era a senhora Hamilton. Apontei pro chão. Ela não podia ver as flores que eu deixei pra ela. Então, ela abriu a janela e gritou: – Você já não fez estrago o bastante? Saia da minha propriedade. Crianças malcriadas!

Eu poderia parar e explicar tudo, mas achei melhor correr como um coelhinho assustado.

Na escola, eu estava toda suada, graças à senhora Hamilton. Eu ODEIO quando os outros não me entendem. Eu juro, ela é uma bruxa.

Durante a leitura silenciosa, eu queria explodir. O Travis percebeu que eu estava chateada e me disse em língua de sinais: T-D B-E-M?

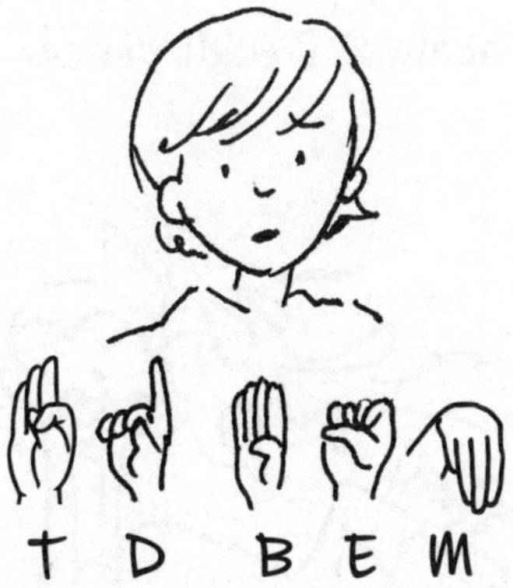

Fiquei comovida e respondi: H-A-M-I-L-T-O-N C-R-U-E-L.

E ele falou: R-E-U-N-I-Ã-O C-Ã-E-S.

Que fofo, ele se preocupou comigo. Não é à toa que a Sitka gosta dele. Fiz que sim com a cabeça e agradeci em língua de sinais: V-A-L-E-U.

Uma reunião dos CÃES! É disso que eu preciso!

A professora Whittam pediu atenção da sala e disse pra gente continuar fazendo as cenas do filme enquanto ela dava nota pros nossos robôs.

Minha cena: Um exército de macacos captura a Dorothy e o Totó e leva os dois pro castelo da bruxa.

Eu ainda não tinha preparado <u>nada</u> e estava chateada com a crueldade da senhora Hamilton, então comecei a desenhar. Desenhar sempre me acalma. Decidi pensar na minha cena outra hora.

Ouvimos uma voz no alto-falante da sala. Era a professora Plácida. Ela parecia muito feliz.

— E o vencedor do concurso da capa do panfleto é...

Eu me preparei e sorri.

Peraí.

Não.

Fiquei completamente chocada. O Will jogava as mãos pro alto, agindo como se tivesse feito um touchdown. Alguns alunos olharam pra mim. Todos foram parabenizar o Will.

Era a coisa que eu mais queria essa semana, o meu desenho na capa do panfleto da programação.

Como será que estraguei tudo? Por que não era eu comemorando com todos os alunos? Fiquei paralisada.

A professora Whittam ignorou a minha dor e me deu a tarefa do robô sem nota. Estava escrito "Venha falar comigo".

Achei que a professora me daria mais créditos por ter feito um robô tão legal. Fui até a mesa dela e segurei a folha pra ela ver.

Ela: Foi você quem fez o robô ou foi outra pessoa?

Eu: Eu fiz uma parte. Meu irmão me ajudou.

Ela: Quero que você faça um gráfico de pizza mostrando o quanto seu irmão ajudou e o quanto você fez sozinha.

Eu podia jurar que ia vomitar, ali mesmo na sala.

Desenhei isto:

Ela: Foi o que eu pensei.

Ela pegou a folha de volta e escreveu um D. Então, ela me devolveu o trabalho fazendo cara feia. Eu voltei pro meu lugar.

Não tinha como a situação piorar. Tinha sim. E piorou. A professora Whittam anunciou que a gente só tinha mais um fim de semana pra terminar a cena do Mágico de Oz.

Parecia que minha cabeça ia explodir. Não dava pra ser criativa me sentindo mal daquele jeito! Revirei meu cérebro em busca de uma ideia criativa pra minha cena, mas não achei nada. Vou ter que fazer isso em casa, hoje à noite e durante todo o fim de semana. Iupi.

Este é o pior dia da minha vida. Quero ir pra casa.

Eu: Isso não está nada certo. Eu deveria ter ganhado o concurso.

Yasmin: Ellie, você percebeu com quem você está parecendo? Agora, você sabe como a Mo se sentiu?

Eu: O quê? Isso não me ajuda em nada! É uma coisa totalmente diferente! Quer saber? Não importa.

Eu não queria mais tocar no assunto. Eles não entendem. Fiquei quieta o resto do dia. Nada de conversas ou risadas. Eu era um nada. Os CÃES ficaram perto de mim tentando me fazer rir com piadas bobas.

Eu me recusei a rir.

Finalmente, o último sinal do dia tocou. O Travis me perguntou sobre a reunião que os CÃES iam fazer depois da aula. Eu só fiz que não com a cabeça. O fim de semana tinha chegado. Tchau, escola.

Em casa, eu podia pensar. Eu não queria me arriscar a deixar o Josh fazer meu projeto de novo, então me escondi no quarto. Coloquei minha música favorita pra tocar e deixei a Ofélia, minha ratinha de estimação, ajudar com a tempestade de ideias.

Demorou um pouco, mas o esforço valeu a pena. Começaram a surgir ideias boas. Escrevi tudo que veio na minha cabeça. Alguma coisa tinha que dar certo.

A Dorothy e o Totó são capturados e levados ao castelo por um exército de macacos alados.

Isto foi o que consegui inventar pra minha cena:

Era impressionante, mas não muito complicado. A minha família ia me ajudar, mesmo sem saber: Usei o equipamento de arte da minha mãe e o helicóptero de brinquedo do Josh. Os macacos pareciam o Ben-Ben. A voz na minha cabeça pedindo pra eu ser rápida e terminar o trabalho parecia a voz da Lisa. Também ouvi um técnico na minha cabeça dizendo que sou uma campeã. Era a voz do meu pai. Todos passavam no meu quarto pra ver como eu estava, mas eu não parei de trabalhar nem um minuto.

Achei que eu ia ficar triste, mas fiquei feliz de ter um fim de semana de descanso. Sem escola. Sem drama. Era a hora de fazer o melhor projeto da minha vida.

Eu treinei pra fazer o helicóptero girar, subir e voar. Ficou PERFEITO. Mal podia esperar pra mostrar pra classe.

Na segunda-feira, entrei confiante na aula de Inglês. Cada um apresentou sua cena. A professora Whittam filmou tudo. Ela ia juntar todos os vídeos e dar uma cópia pra cada aluno. Carácolis. Deu um pouco de medo saber que o seu trabalho ia ficar registrado pra sempre em um filme.

Alguns trabalhos tinham pequenas falhas, mas só as duas melhores horas de apresentação fariam parte da edição, e fiquei orgulhosa porque minha parte estava entre as melhores.

Os CÃES fizeram um ótimo trabalho.

Eu estava flutuando de tanta felicidade. E então, a Semana Técnica começou.

A Semana Técnica é a última semana antes da peça, e é quando fazemos ensaios intensos. Precisamos saber se tudo está funcionando bem, se a música está perfeita, se as luzes e o som são acionados na hora e no lugar certos, e se não há nenhum problema com a peça.

Ensaiamos a peça inteira, e quase tudo estava ótimo. Mas algumas coisas ainda precisavam de ajustes.

Por exemplo, o Totó parecia um vira-lata tentando morder a Dorothy. Ou, como diz o Dalton, o Totó desperta seus leões, tigres e ursos interiores.

A professora Plácida tirou o Totó da peça.

— Vamos usar um brinquedo — ela disse.

Eu não acreditei naquilo.

— Nããão! — tentei argumentar com a professora Plácida.

— O Totó é o herói da peça! É por causa dele que a Dorothy não consegue entrar no celeiro a tempo durante a tempestade. É ele que puxa a cortina e revela a farsa do mágico. Ele faz a Dorothy perder a viagem de balão no final. É por isso que ela tem que usar os sapatinhos mágicos pra voltar pra casa. O Totó não pode ser um brinquedo!

Eu estava no chão, implorando. Sei que foi dramático, mas não consegui evitar. Eu acreditei de verdade no que eu estava dizendo.

Eu perguntei se alguém conhecia um cachorro de verdade que fosse pequeno e legal. (O meu cachorro, Henry, é grande e teimoso demais.)

Fiquei chocada quando a Mo sugeriu que o Ben-Ben fosse o Totó. – Na exposição de Faux Arts, ele imitou um cachorro direitinho!

A professora Plácida disse: – Podemos tentar.

Eu liguei pra minha mãe.

Naquela noite, a Lisa me ajudou a inventar um novo petisco saudável pro Ben-Ben.

A gente chamou o petisco de Mistura do Totó. É uma mistura de todos os tipos de cereal da nossa despensa com uvas-passas, nozes, sementes e uns pedacinhos de chocolate.

O Ben-Ben pensou que a mistura era um doce. A gente falou pra ele que era uma brincadeira. Quando ele fazia alguma coisa certo, ele ganhava um petisco.

A gente disse que, se ele conseguisse fazer tudo certinho, ele imitaria um cachorro pra escola inteira. Ele balançou tanto a cauda que caiu de costas. E lambeu meu rosto. Que nojo.

Eu: Senta! Bom garoto!

Ben-Ben: Grrr!

Eu: Ops, desculpe! Eu quis dizer bom cãozinho!

Ben-Ben: Arf!

Depois, ensinamos pro Ben-Ben algumas coisas sobre o papel dele na peça.

Acho que ele vai ser um cachorrinho fantástico no palco.

O Totó precisava de uma fantasia. Eu disse pra minha mãe que a gente poderia usar a roupa de macaco alado que estava sobrando, mas ela falou que era melhor um tecido grosso e peludo, pra ficar mais parecido com um cachorro. Ela costurou a roupa em uma noite!

No dia seguinte, o ensaio de figurino foi perfeito. A professora Plácida disse que o Ben-Ben era um gênio dedicado no palco (ele era um cachorro bem melhor que o dela). Ele lembrou todas as falas e fez tudo do jeito certo. Acho que a parte favorita dele era latir pro Leão Covarde.

Nos três dias seguintes, ensaiamos muitas e muitas vezes. Nossos professores até deram menos lições de casa. O 7º ano está cuidando da peça, mas o resto da escola pegou a "febre de Oz". Todos os alunos decoraram os corredores com desenhos e textos. Fizeram até uma estrada de tijolos amarelos. Todos estavam muito animados com a peça.

A professora Plácida aumentou minha lista de responsabilidades: agora, vou receber a plateia e apresentar a peça! Ela me deu um papel com o que eu vou falar, mas sou eu quem vai decidir como falar tudo. Quero ser a melhor apresentadora de peças de teatro do mundo!

Tenho uma surpresa pro elenco. É, vou precisar mesmo daquela roupa de macaco que sobrou.

O grande dia chegou, e acho que estamos prontos pra ele. Já é quase hora da apresentação! Mal posso esperar!

De manhã, em casa, falei com o Ben-Ben sobre o papel dele:

1. Não puxe a coleira.
2. Obedeça a Dorothy.
3. Fique com a roupa de cachorro durante toda a peça.

Na escola, tentamos nos concentrar nas atividades em sala, mas era impossível!

Depois da aula, fomos pra casa jantar rapidinho. Meu pai fez pizza caseira, mas eu estava ansiosa demais e não comi muito.

Quando chegou a hora, fomos correndo pra escola.

Foi emocionante ver todos os alunos com as roupas e a maquiagem da peça. É isso. Finalmente. A nossa peça. Alguns alunos estavam lendo o roteiro, pra terem certeza de que decoraram todas as falas. Eu poderia recitar a peça inteira de trás pra frente, lembro tudinho.

Abracei meus pais. Encontrei o Zac! Ele falou pra eu lembrar de aproveitar o momento, porque a noite de abertura só acontece uma vez. Ele também disse "Merda!", que no teatro significa "Boa sorte".

Eu estava preparada pra apresentar a peça. Espiei por trás das cortinas e vi que o auditório estava quase cheio. A orquestra e os atores tomaram seus lugares. As luzes apagaram. Essa foi a minha deixa.

Glup. Andei até a luz do holofote e olhei pra plateia. Na sombra atrás do maestro... Ei, mas será...? Fiz um esforço pra enxergar melhor. Sim. Era a senhora Hamilton! Glup de novo. De repente, o meu discurso de apresentação ficou mais importante. Respirei fundo. Espantei o meu medo. Sorri e comecei.

— Bem-vindos à peça do 7º ano, *O mágico de Oz*. A minha chefe verde ordena que vocês desliguem os celulares para que eles não interfiram na bola de cristal dela. Agora, vocês verão a história de uma menininha malvada que arruína a vida de uma doce senhora.

(O público riu. Oba!)

Sim, eu estava com a roupa de macaco alado. Eu tirei a fantasia quando fui para os bastidores.

As cortinas se abriram. A peça começou. Na primeira cena, a Dorothy e o Totó corriam pra casa, fugindo do jardim da vizinha malvada.

A Nikki cantou a música do arco-íris. Consegui ver que os pais dela estavam filmando a cena. A avó dela estava chorando. Ohn!

A Mo, no papel da senhora Gulch, ameaçou o Totó. Então, a Dorothy e o Totó saíram correndo.

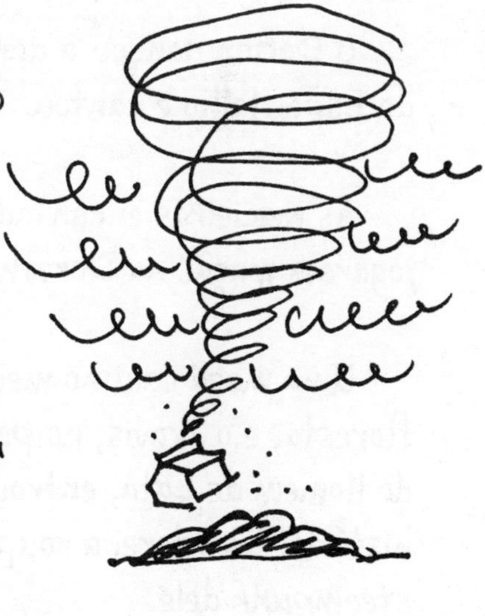

Um tornado levou a Dorothy pro país dos Munchkins. Eu estava ansiosa pra ver se a minha ideia da estrada de tijolos amarelos ia funcionar. O efeito ficou fantástico!

A Dorothy irritou a Bruxa Má do Oeste e depois ganhou as botas vermelhas (nossa versão dos sapatinhos rubi).

A Dorothy seguiu pela estrada de tijolos amarelos em direção à Cidade das Esmeraldas, na esperança de que o Mágico a levasse de volta pra casa, no Kansas. O Ben-Ben latiu na hora certa todas as vezes. A Nikki pegou petiscos da cestinha e deu pra ele.

O Dalton dançou a dança do Espantalho e cantou.

As macieiras encantadas jogaram maçãs na Dorothy.

Uma maçã caiu no meio da floresta, e o Travis, no papel do Homem de Lata, entrou na história. Eu adorei a roupa *steampunk* dele.

De repente, um problema nos bastidores! Dei a deixa de cinco minutos pro Ryan e descobri que o Leão Covarde estava com medo de subir no palco.

Eu: Mas você foi demais nas audições!

(Ele sorriu por um segundo.)

Eu: Você consegue. Você é o melhor leão da escola.

Ryan: Não sou. Eu estava fingindo.

Eu: Coragem não significa a ausência de medo. Significa fazer o que for preciso, mesmo com medo. Além disso, você pode fingir até se sentir corajoso. Se você estiver com medo no palco, vai parecer que você é um ótimo ator.

Ryan: Tá, acho que você está certa.

Ele subiu no palco e lembrou da primeira fala. Eu comemorei em silêncio. A professora Plácida falou no comunicador:

— Parabéns, Ellie!

Eu estava me dando tapinhas nas costas em silêncio quando, de repente, as coisas ficaram piores.

O Ryan, que estava no palco, tinha que cantar. A música começou. Ele tinha ensaiado umas 100 vezes. Mas não saiu nenhum som da boca dele.

A orquestra tocou a introdução de novo. Nada.

Achei que ele tivesse esquecido a letra.

Sussurrei a primeira frase. Nenhuma reação.

Talvez ele não tivesse escutado. Sussurrei mais alto.

Então, a cantoria começou, mas ele não estava mexendo os lábios.

Parecia um milagre. Como se as nuvens tivessem aberto e uma música saísse de lá.

Olhei todo o palco. Não vi ninguém cantando. De onde estava vindo aquela voz?

A música vinha dos bastidores. Alguém estava cantando atrás das cortinas.

O Ryan parecia tão confuso quanto eu.

Na metade da segunda frase, ele começou a cantar. Mais ou menos, porque a voz dos bastidores estava bem mais alta.

De repente, reconheci a voz. Era a Mo.

Ela estava cantando a música do Ryan.

Ou melhor, gritando a música.

Ela estava completamente fora do tom! Ficou perfeito, porque parecia um leão muito triste.

Eu assisti de boca aberta.

O Ryan e a Mo terminaram a música juntos.

Vi algumas lágrimas no rosto do Ryan. Será que eram de verdade?

A Nikki/Dorothy deu um abraço nele. Isso não estava no roteiro, mas foi lindo e combinou com o momento.

O Ryan ficou mais tranquilo. Ele limpou o rosto com a cauda. Então, ele, a Nikki/Dorothy, o Travis/Homem de Lata e o Dalton/Espantalho deram os braços e dançaram pela estrada de tijolos amarelos, cantando bem alto. Dessa vez, o Ryan também cantou.

O Ben-Ben acompanhou latindo. Foi TÃO fofo!

A plateia não parava de aplaudir. Demais!!!

Na coxia do outro lado do palco, onde só eu podia enxergá-la, a professora Plácida batia as mãos. Eu sabia que isso significava que ela estava muito feliz com o que tinha acabado de acontecer. Eu também!

A peça continuou.

Os quatro viajantes passaram por terras desconhecidas e conheceram personagens estranhos, como os Kalidas (são uma mistura de tigre e urso, estão no livro e na peça, mas não aparecem no filme).

A Dorothy e seus amigos chegaram à Cidade das Esmeraldas. O Leão Ryan cantou de novo, dessa vez, sozinho.

A plateia ADOROU o Ryan.

O James fez sua grande entrada vestido de Mágico. Na nossa peça, ele é um balonista agitado, pronto pra uma fuga rápida.

O Mágico deu uma tarefa quase impossível pra Dorothy e seus amigos: levar a vassoura da Bruxa Má do Oeste pra ele. Assim, ele atenderia ao pedido dela.

A Dorothy queria ir pra casa. O Espantalho queria um cérebro. O Homem de Lata queria um coração. O Leão queria coragem. O Ben-Ben/Totó queria um petisco. Ele estava ótimo no palco, então a Dorothy deu um pra ele.

No camarim, a sala de espera do elenco, todos ouviam a peça nos alto-falantes. Dei a deixa para a Mo, os macacos e os soldados Winkie:

A Mo pulou da cadeira. Quando ela levantou, a roupa de bruxa dela ficou presa na cadeira e RASGOU! Ela foi correndo até o palco. Ninguém percebeu, exceto eu!

Replay: a roupa da Mo ficou presa na cadeira e RASGOU!!!

Eu segui a Mo até o canto do palco.

– Mo, espere!

Ela passou correndo por mim. Ela não me ouviu. (Eu não falei muito alto. A gente estava perto do palco!)

Eu não podia deixar a Mo entrar no palco com o vestido rasgado. Todos iam ver a calcinha dela. Iam rir dela pra sempre.

Em um movimento só, peguei uma roupa de macaco, vesti a blusa de qualquer jeito, peguei a fita adesiva, segui a Mo e meus olhos cruzaram com os da Sitka. Ela fez que não com a cabeça e tentou me impedir.

– Não! – ela sussurrou. – Não é nada de mais! A professora disse pra ignorar os erros!

Eu ignorei a Sitka. Carácolis! Eu TINHA que proteger a Mo. Entrei no palco correndo.

Peraí, vou reformular a frase. EU SEGUI A MO ATÉ O PALCO NA FRENTE DE 1 MILHÃO DE PESSOAS!!! COM UMA ROUPA DE MACACO VESTIDA PELA METADE!!!

Rasguei um pedaço da fita adesiva. Colei a fita por cima do rasgo. Corri para os bastidores e me escondi na coxia, onde eu deveria ter ficado, de onde eu podia ver tudo e ninguém conseguia me ver.

Com todos aqueles macacos na cena, talvez ninguém tenha reparado no que eu fiz.

Eu quase desmaiei naquela hora. Não acreditei no que tinha acontecido.

Arranquei a blusa de macaco e evitei olhar pra professora Plácida. Na verdade, evitei olhar pra TODAS AS PESSOAS.

No palco, a Mo disse:

– Esses macacos me deixam com a macaca!

A plateia riu. A peça continuou.

Eu estava assistindo, e meu coração batia tão forte que abafava o som do tambor da orquestra. Quando a Nikki jogou água na bruxa, a Mo "derreteu" pra fora do palco. O público adorou.

Nos bastidores, a Mo ficou olhando pra mim.

Mas a gente não podia conversar. Eu tinha que dar a deixa pro Mágico e pra Glinda.

A Dorothy e os amigos dela levaram a vassoura da bruxa até o Mágico.

O grande momento do Ben-Ben sob os holofotes foi quando ele puxou a cortina do Mágico com os dentes. A plateia aplaudiu de novo, ele latiu pra eles e o público riu.

A Dorothy bateu os sapatinhos três vezes e foi pra casa (o Totó também!). Tudo não havia passado de um sonho. A Dorothy acordou na cama dela no Kansas.

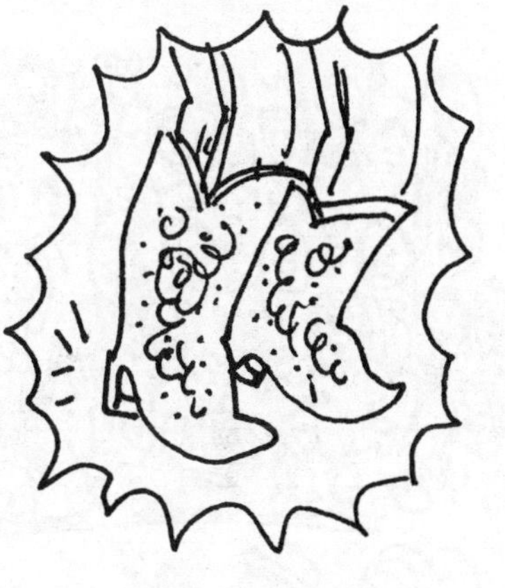

Sinceramente, eu não gosto de histórias que terminam em sonhos. O final do livro *O mágico de Oz* é muito melhor: a Dorothy bate os sapatinhos, dá três passos e vai parar no Kansas, acordada.

A plateia aplaudiu sem parar. Eu espiei de trás da cortina. Uma pessoa na primeira fileira ficou em pé. Os outros começaram a se levantar também. Parecia uma onda que começava na frente do auditório e ia até a última fileira. Logo, todos estavam em pé. Deve ser por isso que usam a expressão "aplaudir de pé".

No começo, só uma pessoa levantou. A senhora Hamilton? Aquela ranzinza? Não fazia o menor sentido. Mas eu não tinha tempo de pensar nisso.

Nos bastidores, um festival de abraços. Todos participaram: os atores, a equipe técnica, a professora Plácida, a diretora e até alguns pais de alunos. Fiz cócegas na barriga do Ben-Ben e ele sacudiu as pernas. Mas nós não tínhamos muito tempo. Era hora de voltar ao palco para os aplausos.

Escrevi o roteiro para os aplausos: primeiro, os habitantes da Cidade das Esmeraldas fizeram uma reverência. Depois, eles colocaram a parte de cima da roupa dos macacos alados e se curvaram de novo. Então, tiraram a roupa de macacos, colocaram os chapéus de Munchkins e fizeram MAIS UMA reverência. A plateia aplaudiu mais ainda! Depois, foram os protagonistas, a equipe técnica, a orquestra e, por último, a professora Plácida e eu (sem a roupa de macaco). Receber tantos aplausos foi algo mágico.

Todos os atores foram pro saguão superlotado cumprimentar a plateia. Assim que chegaram, ficaram cercados por pessoas que pediram autógrafos. Havia muitas crianças com fantasias da peça. Que fofas! Fui pra perto da multidão.

De repente, um menininho me entregou uma caneta e um panfleto da peça. Olhei a arte da capa. Gostei. Tenho que admitir que o Will fez um desenho muito melhor que o meu. O menino interrompeu meus pensamentos e perguntou se eu era alguém da peça.

Eu disse que não.

Ele disse que tudo bem e pegou a caneta e o panfleto de volta.

Foi então que fiquei surpresa ao ouvir a voz da Mo. – A Ellie é a diretora de palco e TAMBÉM faz o papel de macaco alado.

Dessa vez, o menino queria meu autógrafo.

Fiquei com vergonha, mas um pouco contente de autografar (com uma estrelinha no "i").

– O seu papel foi mais importante do que você imagina – a Mo continuou.

– O seu também, Mo – eu disse. – O papel que eu quero é o de sua amiga.

E ela disse: – Você sempre foi minha amiga. Estou com saudade.

Ela me abraçou.

Eu lacrimejei.

Depois que quase todas as pessoas foram embora, meus pais pediram o meu autógrafo e o da Mo. A gente riu e autografou os panfletos deles. Eles viram os pais da Mo e foram falar com eles.

De repente, a senhora Hamilton surgiu na minha frente, sorrindo. Mesmo sorrindo, ela tem cara de brava. Senti que a paz e a felicidade abandonaram meu corpo, e que toda a minha energia foi junto. Por que ela estava ali? Exausta depois de um longo dia, fiquei ali parada, esperando as palavras dela me acertarem como um tapa.

Alguma coisa tocou as minhas costas. Os outros CÃES se aproximaram de mim! Com a Mo e a Sitka me abraçando, eu me senti forte.

A senhora Hamilton colocou um lindo buquê de flores na minha mão. Ela apertou a minha outra mão com aqueles dedos ossudos assustadores dela, que se mexiam pra dar ênfase no que ela falava. E ela começou a me olhar fixamente.

Eu juro que foi o minuto mais demorado da história. Olhei para as mãos dela, depois pro rosto dela; eu estava de boca aberta.

Ela: Obrigada pelas lindas flores de papel. Desculpe por ter gritado com você.

Eu: Ahn... eu... ahn.

Ela: A sua peça foi maravilhosa. Adorei a sua ideia de colocar a fita adesiva na bruxa.

Eu: Obrigada!

Finalmente, a senhora Hamilton soltou a minha mão. A Sitka me abraçou. Eu e os CÃES fomos pro camarim tirar as roupas e a maquiagem. No caminho, a Mo fez a gente pular e cantar como a Dorothy e os amigos pela estrada de tijolos amarelos. Foi tão bobinho! Quase choramos de rir. EU AMO OS CÃES!!! (Mudamos o nome pra Conjunto dos Amigos Extremamente Sábios, já que não somos mais cinco.)

Tudo estava perfeito, mas agora sinto que chegou ao fim. Tínhamos outra apresentação no dia seguinte e estávamos cansados, mas ninguém queria que a noite acabasse. Por fim, todos se despediram e se abraçaram e cada um foi pro carro dos seus pais.

Minha mãe, meu pai, a Lisa, o Josh, o Totó e eu colocamos o cinto de segurança. Estávamos todos quietos enquanto meu pai dirigia. Pensei na decepção de ir pra casa depois de um dia tão emocionante. Tentei me animar relembrando as melhores partes da peça, mas não funcionou direito.

Acho que meu pai ficou triste também, porque parecia que ele não estava raciocinando direito. Ele entrou na rua errada e foi pro centro da cidade. Depois, ele parou num estacionamento grande e desligou o carro.

A gente saiu do carro. Peraí. Eu conheço essas pessoas? Ei! São os alunos da peça! Todos os CÃES estavam lá. E muitas outras famílias também. Seguimos a multidão até uma porta escura. Fiquei totalmente confusa.

Era uma festa!!!!!

Os pais da Nikki alugaram um salão pra gente celebrar a nossa primeira apresentação. Então, como em *O Mágico de Oz*, existia um outro final pra história! E um final que não era um sonho!

Na mesa, vi umas pizzas, um bolo bem grande enfeitado com um desenho igual ao do panfleto da peça (o Will ficou todo orgulhoso) e muitos petiscos doces e salgados. Tudo com o tema da peça.

A Lisa, o Josh e alguns amigos deles da orquestra montaram uma banda, e a gente dançou algumas versões em jazz das músicas da peça. E todos se soltaram!

O Ben-Ben não estava mais usando a roupa do totó, mas ele ainda estava agindo como um cachorro. Ele dançou com a gente. A Yasmin disse que ele precisava de um tutu de totó!

Depois disso, a gente fez um MONTE de piadas e charadas bobas:

P: Qual a comida preferida do Espantalho?
R: Batata palha.

P: Por que o Espantalho é amigo do vampiro?
R: Porque ele espanta alho!

P: O que aconteceu quando o tornado levou o Leão Covarde e o Totó?
R: Uma tempestade animal.

P: Por que a Dorothy está sempre animada?
R: Porque ela nunca se Kansas.

P: Por que a cebola começou a chorar no meio da peça?
R: Porque o diretor gritou:
– Corta!

A Mo fez pulseiras pra todos os CÃES.

Todas tinham a palavra "Amigos", mas a minha dizia "Ellie: MELHOR amiga". Ela tinha feito as pulseiras ontem à noite, antes de eu cobrir o rasgo da roupa dela. É bom saber disso.

Pensei em como a Dorothy teve que se despedir dos grandes amigos e voltar pra casa, no Kansas.

Eu tenho mais sorte que ela.

Yasmin: Vou sentir falta da peça quando ela acabar.

Dalton: A gente devia criar um RPG. RPG é como atuar, mas com menos regras.

Mo: Não precisamos parar de atuar!

Sitka: Parar? Mas ainda temos duas apresentações!

Travis: A próxima vez vai ser BEM mais fácil.

Eu: E o frango de borracha do Zac? O que vamos fazer com ele?

Mo: Não precisamos decidir isso agora. Temos dois dias.

Dalton: O que quer que a gente faça, com certeza seremos mais inteligentes que uma moela. Então, vamos comemorar!

O Dalton começou a dançar com o Frank, o Frango. Todos caímos na risada.

Yasmin: Amanhã é sábado. Não temos aula nem lição de casa.

Eu: Ei! Vamos fazer uma reunião dos CÃES na minha casa! A gente pode almoçar e pensar em como vamos usar o Frank. Podemos até começar o RPG!

Mo: Eu adoro sua casa, Ellie. Não há lugar como sua casa.

Fim.

AGRADECIMENTOS

Agradecimentos especiais para a equipe técnica dos bastidores:

Kim Norman, Zac Thompson, Jennifer Barshaw, Jack Barshaw, Brian McNally, Joshua McCune, Diane Allen, Dave Lepard, Johann Wessels, Mary McCafferty Douglas, Erin Murphy, Caroline Abbey, Donna Mark, Melanie Cecka, Ryan Hipp, o elenco e a equipe técnica da peça da Ellie no Miller College Children's Theater Project, os elencos e as equipes técnicas do All-of-Us-Express Children's Theater, e minha família: Charlie, Lisa, Matt, Joe, Caitlin, Katie, Emily, Cayden, Izzy, Sophie e a recém-nascida Addy.